85歳(さい) この世(よ)の捨(す)てぜりふ

さらば人生独りごと

菅野国春

Kanno Kuniharu

捨て台詞（ぜりふ）の弁——まえがきにかえて

令和二年八月に「老人ホームの八年間の暮らし」（展望社）を刊行したが、あとがきで私は「この本が生涯最後の著書になるだろう」と述べている。年齢的にいっておそらくそうなるだろうと考えて私は書いた。ところが、刊行の翌月、展望社の唐澤明義社長から電話をいただき「〃お爺さんの知恵袋〃といった感じの出版をお願いできませんか」と打診された。「私に知恵などありませんよ。この世の捨て台詞（ぜりふ）ならいささかないこともありませんが（笑い）……」と冗談をいった。その冗談に唐澤社長はすっかりその気になってしまった。

「それですよ。そのほうが面白い。捨て台詞結構ですな」

そんなことから本書を執筆することになってしまったのである。

まさに瓢箪から駒である。

若いときには血気にはやって言ってはならない言葉や捨て台詞を吐いて、相手を不快にさせせたり怒らせたりしたものだが、八十五歳の馬齢を重ねて、ここ数年はすっかり好好爺になってしまい、他人へのへつらいお世辞ならともかく、捨て台詞など及びもつかないのである。そこが思案のしどころである。

本来の捨て台詞の意味は、役者が舞台から去るとき、台本にはない台詞を述べて消えていくということだが、転じて、立ち去るときに相手の返事を求めないで勝手にいいたいことをいうという意味もある。捨て台詞は相手の思惑を無視した失礼な言辞を指すことが多く、あまりいい意味には使われない。

しかし相手の返事を求めない勝手な言い分ということなら、何となく小生にも書けそうな気がしてきた。

筆者はやがてこの世から消え去る身である。気取っていえば筆者はまさに人生劇場の舞台でフィナーレを演じているわけで、捨て台詞を述べる最後のチャンスということかもしれない。捨て台詞には身勝手で無責任なものが多いのは当然である。小生の捨て台詞も当然ながら独断偏見に満ちている。人から反論されたりたしなめられたりするのは好きではないが、捨て台詞ゆえにその心配もなさそうである。

ただ、無名作家の愚にもつかない捨て台詞を読んでいただけるのか……そのところが心配である。名も無き全国数百万人の老人の代表になったつもりで、この世に対して痛烈な捨て台詞を述べてみたい。老人諸氏の声援を乞う次第である。

令和二年十月半ば原稿執筆の門出にしるす。

著者

85歳この世の捨てぜりふ

さらば人生独りごと

目次

第三章　老人の愛と性

第四章　時事問題の血迷い発言

第五章　あまり他人(ひとさま)に語らなかった話

第六章　この世に心が残るひと口ばなし

第一章

長生き何がめでたい

好きで年寄りになったわけではない

若いときに早く年を取りたいと思ったことはある。しかし、若いときは自分が年寄りになることなど考えてもみなかった。青春時代に年寄りになった自分を心の底から痛感したら、生きることは相当に虚しくなったに違いない。

観念的にはいずれ老人になるだろうと考えていたが、自分のよぼよぼした姿を想像し、その時の苦痛を思い描いたことはない。第一、若者が自分の老いの姿を実感できるはずがない。

男の世界に「ハメマラ」という隠語がある。この隠語を自分はいつ頃に知ったか自覚していないが、二十代ですでに知っていた気がする。

「ハ」は歯であり「メ」は目、「マラ」は魔羅のことである。魔羅というのは、仏教用語で、仏道の修行の妨げになるものを指す。僧侶の隠語ではマラは男性器のことである。色欲は仏道の妨げになることから、男性器を魔羅と呼んだのであろう。「ハメマラ」というのは、年老いていくにしたがってダメになっていく肉体機能の順序である。一に歯、二に目、三に性器という順序で劣化していくという隠語である。人によってその順序に違いがあるかもしれないが、まさにハメマラは年寄りの悲哀の前兆である。

ハメマラが駄目になってくると、やがて耳も頭も衰えてくる。まさに年寄りは歯目魔羅耳頭（ハメマラミミズ）である。こうなってくると何もかもおしまいだ。

年寄りになるのは自然現象で、本人の努力の結果でもなければ自業自得でもない。老いというのは、私のようにいい加減に生きた人も、まじめに人生を生きた人にも共通して訪れる宿命である。平等といえばこれほど平等な現象はない。花が咲いたり、枯れ木になったりする自然現象と人間の一生も変わりはない。草木なら、枯れても季節が巡ってくれば、再び花咲くときもあるが、人間は老いてしまえば、再び青春が巡ってくるということはありえない。人間は老いれば残された道は土に帰っていくだけである。人間のたどり着く終着駅はあの世である。

作家の佐藤愛子さんは「九十歳。何がめでたい」というベストセラーを出版したが、まったく同感で、年寄りになるということは、悲しみであるが、どう考えてもめでたいことではない。

元気で長生きすることは、家族や関係者にはめでたいかもしれないが、本人はめでたいと思っていないはずだ。ハメマラミミズではテレビも読書も芝居やグルメも、まして恋愛など楽しむことはできない。年寄り本人は、如何に他人に迷惑をかけないでこの世から消えていくことしか思案にはない。それでも敬老の日には、おまんじゅうが配られたりする。

このような、愚痴をいっていられる私なんぞ年寄りとしてもましなほうである。世の中にはハメマラミミズどころではない年寄りがたくさんいる。日々の生活におびえたり、心身を蝕む病におびえたりして暮らしているのだ。明日の我が身に不安を感じている年寄りは、ハメマラミミズの我が身に加えて明日の暮らしに希望も夢もまったくないのである。

このような年寄りにとって、長生きはめでたいどころか地獄である。敬老の日も結構だが、行政はこのような年寄りたちが安心して暮らせる世の中にすべきである。

八十歳以上を終期高齢者と位置づけて、生活も介護も心配しなくてすむような福祉国家をめざすべきだ。七十五歳以上の後期高齢者、八十歳以上の終期高齢者は、等しく国が手厚い保護をして、孤独死などの起きない国家にすべきである。年寄りになっても安心してあの世に旅立てる世の中であれば、長生きもめでたいことの一つになるのかもしれない。

人生は自分で切り開くものだが、年寄りになってしまうと人生と闘うことが不可能になってしまう。切り開いたはずの人生の終わりが、不安、地獄、孤独死では、とてもめでたいと手をたたいてまんじゅうを食う気にはなれない。

老人無用論

日本の各地に棄老伝説が残されている。有名な話は「姥捨山（おばすてやま）」である。作家の深沢七郎さんは、棄老伝説をもとに「楢山節考（ならやまぶしこう）」という小説を書いた。年老いた母親を息子が雪深い山奥に棄てにいく話である。私は棄老伝説についてくわしくはないが、年寄りを山の中に棄てる風習は、おそらく古い時代の真実が語り継がれたものであろうと考えている。信州の「姥捨て伝説」の他に、東北の民話でも同じような話を読んだ記憶がある。深沢さんの小説はフィクションだが、その題材になった家族の手によって年寄りを棄てるという伝説は、大昔には真実だったに違いない。

人間世界において年寄りは昔から無用の存在だったのだ。日本だけではなく、おそらく世界中のどこの国でも年寄りは邪魔物だったのである。

かつて国のために戦った人、国のために働いた人、家族を養うために身を粉にして働いたのが年寄りなのだが、その事実は、現実社会では如何程にも評価されることはなかったのだ。人間の全ては年老いてくれれば無用の価値になってしまうのだ。死んでも惜しまれ、悲しまれるのは、王族や貴族の一握りで、多くの人は、現実の生活で役に立たなければ、もはや単なる穀潰し(ごくつぶ)だったのである。

私の子供時代、すなわち八十年くらい前は、足腰が立たなくなった年寄りは、納戸のような暗いひと間に寝かされて、嫁や孫が運んでくる三度の食事と下の世話を受けて、やがて、ある日死んでいくのである。

昭和の御代(みよ)ともなれば、確かに年寄りを山に棄てるという風習はなかったが、家庭の中では棄てられたも同然だったのである。暗いひと間に寝かされている年寄りを、私は子供心に、年寄りは棄てられている人のように思えた。子供の目には決して介護を受けている老人には見えなかったのである。

年老いた祖父がたまに訪ねる私を抱こうとするのだが「じいちゃんは臭いから嫌だ」といってその手から逃れたことを微かに記憶している。そのときの祖父はまだ納戸に寝かされてはいなかったが、半ば棄てられた人のように私には見えた。そのときは当然のことながら、私がやがてこの年寄りと同じようにお爺さんになるなどとは考えてもみなかった。その記憶は、私がおそらく三歳か四歳くらいのときのことであろう。そのときの祖父は、今考えると、祖母の年齢から類推して六十過ぎたばかりだと思うのだが、まるで棄てられた老人のように子供の私には見えた。もっとも《村の渡しの船頭さんは今年六十のお爺さん》という童謡もあるくらいだから、八十年くらい前は六十歳はすでに老人だったのであろう。当時、六十歳で船の櫓をこぐ年寄りは珍しかったのだ。その元気な船頭さんも、その後、無用の存在になってこの世を去ったわけである。

現代は福祉思想が定着して、昔の年寄りと比べると、今の年寄りは格段に手厚く扱われているといっていい。その代わり、核家族の形態が進化して、大昔棄てられた老人同様、子供や兄弟とは無縁に暮らして、荒野に等しい都会の一室でのたれ死にのように死んでいく老人が急増している。そんな死に方は孤独死と呼ばれている。そのような孤独死老人と雪山に棄てられる老人とどんな違いがあるというのだろう。

都会の荒野には姥棄山が至る所に息をひそめている。年寄りは、日々進化変動する生産社会では無用の存在なのだ。あんなにお国に尽くしたのに、社会の発展に貢献したのに、年寄りになればもはや、世の中のお役に立つことはできない。無用なる老体は棄てられても仕方がないのだ。

無用なる年寄り、穀潰しの年寄り、年寄り自身そのことを自覚して無用の我が身に過大な期待を抱かないことである。

棄てられた年寄りは、自分を見捨てた世の中を恨みながら死んでいくことだ。恨みつらみが大きかったら「化けて出るぞ」と捨て台詞を残して旅立つがいい。

指先のままにならない悲哀

馬齢を重ねるにしたがって、やることなすことが無様になってきた。私は、何事につけ若いときから不器用であった。私の不器用は生まれつきである。荷物を下げて歩く姿はタコのようだと何十年にも渡って妻に揶揄（やゆ）され続けてきた。

紐の結び方、風呂敷の包み方一つとっても常人と比べて下手クソである。本人は大真面目に取り組んでいるのだが、どうしてもうまくいかない。

学生時代、運送屋のアルバイトにいって一日でクビになった。自動車に積んだ荷物を縛るのに、何度教わってもロープをまともに結ぶことができなかった。

「おまえ、わざとできない振りをしているんだろう？」

手ほどきをしてくれた年上の青年は疑わしげに私を見ていった。その青年は私の無様な姿を見て、無能呼ばわりをせずに、わざとできない振りをしているのだろうと、いたわってくれたように私には思えた。

私はわざとやっているわけではなく、死に物狂いで大真面目に取り組んで、できなかったのである。しかし、傍目（はため）にはできるのにわざとできない振りをしているように見えたのかもしれない。これほど親切に教えてもわからないほど不器用なヤツとは思わなかったのだ。わざとふざけて不器用の振りをしているのだろうといわれることで、私の自尊心は辛うじて保たれていた。「やる気がないんじゃ仕方がない。

明日から来なくてもいいよ」と運送屋は一日でクビになった。

これと同じような屈辱は自動車教習所でも味わった。バックの車庫入れのところでつまずいた。何度やっても失敗するのだ。二十歳のころだ。

「なぜ、わざと失敗するのだ！」と怒鳴られた。

こちらはわざと失敗しているわけではないのに、教習所の教官には私がわざと失敗しているように見えたのだ。

「わざとではありません」と私は反論する。

「じゃなぜこの間は上手くいったのだ!?」と教官は私をなじった。

この間巧くいったのは私にとってはマグレだったのだ。

手先のままにならない不器用な半生は、話すも涙、聞けばあきれて笑う気にさえなれない悲劇的滑稽談である。

このように持って生まれた不器用な私が、年寄りになってますます不器用が進んでいくのだから実際のところ救いのない無残な話である。日々に指先の運動能力が、驚くほどのスピードで退化しているのである。若いとき、満足に紐も結べなかった私のことだから、老いた私の無様さは推して知るべしである。

私と比べて、妻は若いときから何かにつけて器用だった。両親が器用な人たちだったからその才能を受け継いでいるのか、しつけが行き届いていたのか、風呂敷の包み方、包装紙のくるみ方など、デパートの売り子並みであった。その妻が老いたために、見るも気の毒なくらいに不器用になってしまったのだ。私の無様さを笑えなくなるほど自分自身が無様になってしまったのだ。

若いときに美しくできた所作が年を重ねるにしたがって醜くなっていくのは本人は耐えられないようだ。顔を曇らせる妻を見ていて可哀相になる。

私の場合、天下晴れて我が不器用を年のせいにできるのだから有難いともいえるのだが、不器用のためにできないのではなく、年寄りゆえに不器用が大きくなったと考えると、それはそれで切ないものがある。

元気な年寄りの独り住まいは結構多い。元気でなくとも、一人暮らしをせざるを得ないので独り暮しをしているのかもしれない。そういう年寄りが日々に指先が不自由になっていく我が身を自覚するのは辛いことに違いない。

野菜を刻む手、紐を結ぶ指、ページをめくる指先、急須の蓋をつまむ指先、顔の手入れのもどかしさ……、何もかも若いときのようにスムーズにできなくなってしまった。
日々に一人暮らしが辛くなっていく。一日一日、指先がままにならなくなってい
く。一日一日、無様になっていく自分を見ていると恨めしくなる。
指が動かなくなり、足が動かなくなり、頭が動かなくなる。「ああ辛いなあ」と
いう思いが日々に強くなっていって、やがて人生の終わりがくるのだ。ほんとうに
長生きはめでたくもない。

身に添う厭世感（えんせいかん）

作家の太宰治は厭世感を小説の売り物にして、その感慨が嘘ではないことを証明
するようにある日自殺した。彼が自殺したことで太宰の厭世感は、ポーズでも偽悪
でもなかったことが証明された。壇一雄という作家は太宰の友人の無頼派作家だが、
壇さんの随筆に、太宰の厭世のポーズが本物だったことを裏づける話がある。
二人で酒を飲んでいて、酔いにまかせて、このまま死んでしまおうということに
なり、ガス栓を開いたまま床に就いた。ガス管からシューッとガスが漏れる音がし

ている。壇さんは太宰が「今夜はやめようよ」と言い出すと思っていたのだが、一向にいい出す気配がなく静かに横たわっている。このままいけば明らかに二人はガス中毒で死ぬことになる。壇さんは突然起きてガスの栓を止めたという。概略そんな随筆である。何十年も前に読んだ随筆だから、少し間違っているかもしれないが、大筋はそんな話だった。太宰は何時でも何処でも、チャンスがあれば死んでもいいと考えていたのだ。

短編集「晩年」の中の『葉』の書き出しに「死のうと思っていた。ことしの正月、よそから着物を一反もらった。お年玉としてである。着物の布地は麻であった。鼠色のこまかい縞目（しまめ）が織りこめられていた。これは夏に着る着物であろう。夏まで生きていようと思った。」というくだりがある。私は、一時期、太宰の厭世感は小説を書くためのポーズだと考えていた。私小説作家が小説の材料にするために破天荒、破滅的な生き方をするのに似ていると思っていたのだ。しかし、どうもそれは間違いで、太宰の厭世感は本物で、太宰は自分の厭世感を文学に昇華させていたのだ。死と向かい合いながら小説を書き、何度か自殺未遂をくり返した後に、ついに自殺してしまった。太宰の自殺は女性との心中である。太宰の心中のニュースに接した人は「ああ、やっぱり死んでしまったのか」という思いを抱いた。なぜ急に太宰治の自殺などを思い出したかというと、老人になると、折にふれて「生きるのが嫌だな」という思いにとらわれることがあるからだ。老人の厭世感は自殺をしようと思うほど強いものではない。意識のへりを微風がかすめるような漠とした想いである。日常生活の端々に時折顔を出すちょっとした感慨である。例えば思うように体が動かないとき、恥ずかしい思いをしたとき、人間関係に傷ついたときなど、ふと生きていることが煩わしく感じられるのである。

若いときにも死を考えたことがあるが、若いときに考えた死と、老人になって感ずる厭世感はまるで違う気がする。若いときに感じた死の誘惑は、思索に疲れ、人生に追い詰められたときだったような気がする。もっとも私の場合は、死の誘惑といったところで情緒的、気分的、一時的なもので、ちょっとしたことで死の誘惑は雲散霧消してしまった。そのためにこの年まで生き恥をさらしている。

老人になって感ずる厭世感は、若いときの死の誘惑と比べて、もっと根深く陰湿な感じがする。年寄りの厭世感は、強い思いではないが、日常生活の中で折にふれて顔を出す感慨である。極端な言い方をすれば、老人は朝から晩まで厭世感を引きずって歩いているようなものだ。

目覚めの床で漠然と死を思い、起き上がるときの腰痛で「ああこんなに痛いなら、死んだほうがましだ」と思い、食欲の無い食卓に向かって「ああ死にたいなあ」と思い、テレビのニュースで痛ましい事件などに接すると、ふと世の中が嫌になる。

老人の厭世感は、過労死やパワハラで精神が傷ついた果ての悲惨な自決をした人のような深い絶望というものでもない。老人の厭世感は老人の心の中に浮かんだり消えたりする泡のようなもので、明確な輪郭を持って老人の心をがんじがらみにしているということはない。心に厭世感を抱いていても、日常生活で、可笑しいとおもえば心から笑うこともできるし、楽しいことに接すると楽しいと思うこともできる。だからといって、老人が笑っていたり、楽しそうにしていても、決して厭世感がなくなったというわけではない。厭世感が一時的に影をひそめているだけのことだ。

老人というものは、厭世感を抱いたまま、ある日、病気や老衰で突然亡くなるのである。考えてみると、哀れなはなしであるが、それが老人というものだ。

楽しそうに孫を抱き上げながら、心の隅に厭世感を抱いている。それは老いの悲しさを表す一つの風景画でもあるのだ。

八十五歳の自画像

「老人」と呼んでいいのは現代では、イメージ的には六十五歳あたりからであろう。七十五歳から後期高齢者というのは政府の呼称だが、その呼び方にならえば、六十五歳は「初期高齢者」、七十歳は「中期高齢者」で、七十五歳以上は「後期高齢者」、そして八十歳以上は「終期高齢者」ということになるのかもしれない。

八十歳過ぎても、エベレストに登ったり、マラソンレースに出たりする人はいるが、例外はいつの場合も存在する。八十五歳という年齢では、一般的には富士山の登山はおろか二階の階段を登るのさえままにならない。マラソンどころか杖無しでは歩けないというひとも多いのである。

私は令和二年（二〇二〇）十一月現在、八十五歳であるが、八十五歳はまさに終期高齢者まっただ中である。精神的、肉体的に劣化が著しく、心身ともによたよたしている。正直な心境としては、いよいよ先が見えてきたという思いである。言い換えれば、老い先短いという感じである。

日常的に老いぼれたという気がするが、一方では不思議なことに、自分では頭がしっかりしているつもりでいる。本人はまともなつもりでも、傍の人からみると結構耄碌爺に見えているのかもしれない。

他人から「若く見える」と、ときにお世辞をいわれることがあるが、私は、あるいは年のわりに馬鹿なことを考えて暮らしているので、顔がいささか幼稚に見えるというのはうなずける。それに若いときから、まともな勤め人ではなかったので、服装は一般社会の常識を逸脱していて、歳のわりには少し派手で、常識人よりは少し奇抜な物を身にまとったりする。それが歳より若く見せているということはいえそうな気がする。

しかし、自分の正直な感想としては決して歳より若いとはいえない気がする。心身の衰えを本人がつぶさに実感している。心身ともに年相応だと自分では考えている。

この一年くらい自分の終末を切実に痛感する。八十歳あたりまでは、頭では自分の人生の限界は考えていたが、終末の実感は無かった気がする。体調が不安定なこともあって、八十五歳に入るや、自分の命もそれほど長くないことを感ずる。このような予感は自分の場合、割に的中する度合いが高い。

歩き方にもどこか力の衰えを感ずる。どことなく足もとがおぼつかない。歩いていて、つまずいたわけではないのに突然よろけたりする。つかまるものが無かったら明らかに転んでいたというような危険な場面に何度も遭遇している。実際につまずいたわけではないのに無様に転んだことがある。同行者がいるときなど、同行者は困惑した顔をみせる。今まで何事もなく歩いていたのに突然足がもつれて転んだりするのだから、同行者が怪訝な顔をするのも当然である。それでも同行者は私の無様な転倒を年寄りだから仕方がないと納得していたわってくれる。こういうことがあると《もう我が人生も終わりだな》と思ってしまう。

前述のように、不思議なことに頭の衰えはそれほど実感していない。人の名前が出てこなかったりすることはしばしばある。講演の最中に突然、元総理大臣の小泉純一郎さんの名前を失念して恥をかいたことがある。このような現象も明らかに歳の衰えであるが、そのことで特別不便を感ずるということもない。原稿の執筆の場合は、物忘れも調べれば解決する話であるから、不便だが困るというほどでもない。日常生活では「ええと、どなたさんでしたか、失礼ですが名前が出てこないのですが……?」といっても、相手はこっちの立場を理解して耄碌(もうろく)を斟酌(しんしゃく)して許していただける。そういうわけで、頭の老化が日常生活に支障をきたしているということはない。酒を飲んでも、そのときの場面をしっかり記憶している。人との約束も忘れたことはない。忘れそうなことはすぐにメモをとることにしている。

耳が遠くなったのは困るが、補聴器で五、六割はカバーできていると思う。それでもテレビドラマなどで役者さんによっては聞き取れない台詞があり、ついボリュームを上げてしまう。耳のいい妻に音が高すぎると文句をいわれる。それだけがちょっぴり切ない。会議の声は聞き取れる。もっとも、聞き取れなければ再度話してもらうので不都合はない。皆さんも、こっちが耳が遠いのを察して、やや声高に話してくれる。そういうわけで、日常生活の中で、耳が遠いことで不便を感じることは少ない。どうでもいいような会話のときは、聞こえたふうにふるまってにこにこしてうなずいたり「そうですね」などと、どうでも取れるような相づちを打って誤魔化してしまう。

若いときにはすぐに怒ったり、日常生活にいつも不満を抱いて暮らしていた。今考えると、その怒りや不満は、自分を客観視できない未熟な思考からきていた気がする。今は、世間や対人関係で、怒ることも不満に思うことも少なくなった。自分を理解してもらえないことも、そのことのほうが正常であり、全ての人に理解してもらうなどしょせん無理な話だと考えられるようになった。

酒の上で酒癖の悪い人に罵詈雑言（ばりぞうごん）を浴びせられたことが何度かあるが、私は何の痛痒（つうよう）も感じなかった。酒に理性を奪われたその人に同情すら感じた。悟りを開いたわけではなく、老化ゆえに好好爺（こうこうや）になったのだと考えている。他人に対して思いやりを持つことができるようになり、相手に対し「許し」の気持ちを持てるようになった。世間に対する不満も少なくなった。世をすねるという思いはほとんどなくなった。今の現状をもたらしたのは全て己の責任で他人をとやかくいうつもりはない。

私は八十五歳になって人並みの感性を持つことができるようになったわけである。まことに遅きに失した開眼で、己の未熟さゆえと素直に恥じ入るばかりである。このような思いを持つことができるようになったのは八十歳を過ぎてからである。極論すれば死の直前に静かな心境を持てるようになった。歳をとってよかったと思える唯一のことである。肉体の劣化と引換に手に入れた静かな心境である。日々に我が意に反する肉体の衰えを実感しているが、静かな心境を持てるようになったことは年寄りになって唯一よかったことだと思っている。

年寄りの思考形態でよくないのは、他人の思惑があまり気にならなくなることだ。端的に現れるのは身だしなみである。お洒落をしようという気持ちが失せてくる。「伊達の薄着」という言葉がある。お洒落な人は自分のスタイルをよく見せたいために薄着をしてまで気を使うということだ。年寄りになると見栄えより実利をとる。私は格好が悪くても暖かいほうがよいので厚着をする。人がどう見ようが自分で心地好いほうを選択する。年寄りに着ぶくれをしている人が多いのはそのためである。

見た目は悪くても、自分の暮らしやすい生き方に傾くのである。私などもその傾向が日々に強くなってきた。昔はそれなりにお洒落だった。その気持ちが歳とともに失せてきた。これではいけないと思うのだが、人目が気にならなくなってしまったのだから仕方がない。しかし、時折これではいけないと反省してお洒落心を持つことが必要だ。

老いの深まりに比例して、他人の思惑に無関心になるというのは、お洒落の意欲の減退というだけならさしたる弊害もないが、社会生活の上では心して戒めなければならない。老いの生きやすさを求めて他人の迷惑を考えなくなってしまうと、自分では気がつかずに「老害」をまき散らしてしまうことになる。我が身が老いたりといえど他人に迷惑をかけてもいいということにはならない。

確かに年寄りは弱者である。しかし年寄り自身《弱者はいたわられて当然》という感覚を持ってはならない。「弱者でごめんなさい」「弱者で申しわけない」という心境こそが大切なのである。

昔、電車の中で、年寄りが若い青年に向かって「きみ、老人が前に立っているのに席を譲ろうという気持ちが無いのかね」と詰め寄っていたのを見たことがある。その頃、私はまだ老人という年齢ではなかったためもあるが、その老人の言葉に違和感を覚えた。老人の言い方には老人はいたわられて当然という態度が露にあらわれていた。老人に食いつかれた青年は、ふて腐れた顔をして隣の車両に移っていった。そのとき老人の中に自分はいたわられて当然の弱者だというニュアンスが色濃くにじみ出ていた。その老人の態度に私は釈然としないものを感じたのである。

弱者をいたわるのは人間としての優しさであるが、弱者はその優しさを受けるのが当然と考える甘えがあってはならない。弱者であることをひがむことはないが、弱者である自分の中に「いたわられる辛さ」「相手に気を使わせる申しわけなさ」の気持ちを秘めていなければならない。「弱者でごめんなさい」という思いを抱いていることが大切な心がけなのである。年寄りになったのは自分の責任ではないが、年寄りの持つ弱さを過度に他人に押しつけてはならない。

八十五歳の我が身は老木である。これから以後、葉を茂らせることも花を咲かせることも、まして実を結ぶということはない。朽ちて土に帰るだけである。その真実を私は正常な頭脳で理解しつつ終末を迎えたいと考えている。

妻老いる

私の妻は私と二つ違いの八十三歳である。私は妻の老いていく姿をみて、改めて老いの持つ残酷さ、かなしさを痛感している。老いは何もかも変容させてしまう苦痛を私は妻の姿を見て実感した。自分の老いの自覚より、妻の老いゆく姿で老いの持つ真実を教えられた気がする。ありふれた言い方だが、妻の老いる姿をあたかも自分の老いを鏡で見るように眺めているのである。しかし妻の老いは私の老い以上に深刻で、かつ加速しているように思える。何もかも妻はできなくなった。人間としての能力の枯渇である。

若いときの妻は何もかも一人で家庭を切り回していた。炊事洗濯はもとより、棚を吊る大工仕事、雪かき、買い物、子育て、娘の教育、同時に、三十歳の半ばまで高校の教師として勤めていた。まさに主婦として、職業婦人として獅子奮迅の働きぶりだった。

妻が何もかも一人で働いていたのは、夫の私が駄文を書くことしか能がなく家庭の仕事は横の物を縦にもしないグウタラ亭主だったからである。何もしないだけではなく、稼いできたカネの半分以上は酒と放蕩に浪費してしまうという、手のつけられない破滅型亭主だった。現代の夫婦ならさしずめ離婚は間違いなかったと思う。私も、心のうちでは離婚を覚悟していた。しかし、妻としては離婚のタイミングを失い、気がついてみると放蕩の気力が失せた年老いた、張り子の虎のような亭主が目の前にいるという具合だったのだ。離婚するにしても、妻としてはそのきっかけや手がかりがつかめなかったのだ。

ところが、ぐうたら亭主に代わって獅子奮迅の働きで一家を支えた妻が、今は昔の面影は見る影もなくすっかり年老いてしまった。その姿を見るにつけ、私は信じられない思いなのである。妻が哀れという以前に、自然の摂理の残酷さに声もないという思いである。妻に最初に現れた老化は、股関節と脊椎の異常である。若いときは姿勢がよく、すたすたと足早に歩いていた。それが、今は腰を屈め、杖を引きずってのろのろと歩を運ぶ。

若いとき、妻と娘を同道して外出するときなど、妻はどんどん先を歩いていき、ついにはるか彼方に引き離されてしまう。私は煙草の吸い過ぎで気管支喘息となり、ちょっと早く歩いたりすると息切れがひどくなる。それで、私の歩みは遅くなり、取り残されるのである。妻はそんな私ののろい歩みにいら立って先にどんどん歩いていく。娘は仕方なく私を気づかって歩調を合わせてくれる。「お母さん見えなくなっちゃった……」といって娘は苦笑した。その妻は今は私ののろまな歩みにさえ追いつけず、私は数歩歩いては立ち止まり妻が私に追いつくのを待つという具合である。あの颯爽と私を置き去りにして遠ざかった妻の姿が懐かしい。

雪かきをしたり、大工仕事をした男まさりの妻が、今では指に力がなくなりペットボトルの栓が開けられないありさまだ。指だけではなく全ての面で力が弱くなってしまったのだ。重いものを持つこともできなくなった。若いとき、娘を小わきに抱え、スーパーに買い物にいき、大きな袋を担いで帰ってきた妻は、今では小さな荷物を持つのさえ難しくなってしまった。

　妻は若いとき国語の教師で、きれいな字を書いていた。今は字を書くことを嫌がる。手が震えて思うように字が書けなくなってしまったのだ。はがきや手紙を書くことを避けるようになってしまった。新聞は読んでいるが、書籍を読むのは気が進まないらしい。妻に頼まれて、腰痛の対策本やスマホ入門の本を買ってくるのだが、じっくり読んだ形跡がない。買い物にも意欲を示さなくなった。昔は新聞の折り込みチラシに丹念に目を通して上手な買い物をする妻だったのに、チラシも買い物情報にも無関心になった。

　感心するのは、洗顔後の顔の手入れだ。長い時間をかけて洗顔し、長い時間をかけて手入れをしているが、顔の手入れはお洒落のためではないと思う。何故の顔の手入れか、訊いたことがない。これもやめたら、妻の老化は一気に加速するような気がして私はびくびくしている。

　食欲は生活力のバロメーターだとつくづく思う。今の妻の食事量は幼児並みである。お腹が空いたといいながら、今はひとつまみの量で満腹になる。生活に意欲的だった頃の妻は食欲が旺盛だった。大食漢ではないが、しっかりと食べていた。美味しいものを食べるのも好きだった。宴会などで、料理を私と娘が残すとその分まで食べていた。その妻は今は自分の分の料理を持て余している。三度の食事も、おやつもあまり食べなくなった。老人ホームの食堂で、妻のご飯の量を少なくしてもらっているが、それさえも少し残す。

食事の量が減るということは活力が減少していくことでもある。かくいう私も食事の量が少なくなった。その割に体重が減らないのは酒のためである。妻は極端に量が少ないのに、「少し太った気がするの」という。

肉体や生活上の劣化だけではなく、頭脳の劣化も少しずつ進んでいる気がする。ときに「今日は水曜日よね」と不安な顔をして訊いてくる。「今日は私、何もないのよね」と自分の行動のスケジュールを確認してくる。そんな妻を見ていると老いの深まりを感じる。妻は認知症と正常の境を行ったり来たりしているのだ。

たまに出かける日など、時間に遅れはしないかと気になるらしい。前日から出かける時間を気にかけている。気になり方が異常で、やはり歳のせいだと思わずにはいられない。朝の八時半出発なのに「あした起きられるかしら」と気に病んでいる。何度も同じことをくり返す。「大丈夫だよ。ぼくが起こしてあげるよ」というのだが、

「あなたなんかあてにできないわ」と憎まれ口をきく。何十年もの間、当てにならなかった亭主のことが、今になっても心に刻まれているのだ。今では私が居ないと何一つ生活ができないのに、昔の当てにならない亭主の記憶を抱いているのだ。哀れだと思う。前の晩から持っていく物や着ていく洋服などを揃えている。大したものを持っていくわけではないからその作業はすぐに終わる。「何か忘れ物がある気がするわ」妻の不安は去らない。

今のところ、妻は正常な部分を多く持って暮らしている。いつ、正常でなくなるのか？ 考えると恐ろしくなる。

昔、私は出かけると酒を飲んだくれて朝帰りである。妻は私に「何時に帰るの？」と訊いたことがない。訊いても無駄だからである。ところが今は違う。私が出かけるときには決まっていう。

「何時に帰るの？」

「夕方かな……七時には帰るよ」

「まあ、そんなに遅いの！」と妻はなじるようにいう。

私は内心苦笑している。かつて、出かけると良くて終電車、ひどいときには午前三時、あるいは外泊である。その外泊も、二日、三日と続くことがある。それなのに今は夜の七時の帰宅に「そんなに遅いの」というのだから私としては苦笑するしかない。

妻は精神的に子供帰りをしているのかもしれない。妻は私に対していつの間にか父親のような感じで接しているのである。妻は独りで留守居をしているのが不安なのだ。足腰が弱っている妻は電話口まで出るのが大変なので、電話にも出たがらない。肉体的な事情ばかりではなく電話で他人と話すのが気が進まないのだ。

いつの間にか携帯電話に出るのも嫌がるようになった。これには私が不便を感じている。外出先から電話をしようと思っても、妻が電話に出ないのだから携帯電話は宝の持ち腐れである。

かつて何もかも一人で家事全般を切り盛りして家庭を支えてきた妻が、年老いてまるで無能力者に等しくなってしまった。そんな妻に代わって、今度は私が雑事、家事を引き受けなければならなくなった。私は、若いときは何もできない無能力者だった。そのために、八十歳過ぎて一からやり始めることになった。これは妻任せで家事に背を向けて生きてきた私の自業自得でだれを恨む筋合いのものではない。

威張れた話ではないが、八十三歳のとき妻が股関節の手術で半月ほど入院したとき、私は初めて洗濯機なるものを使った。あきれた職員が部屋にきて手ほどきしてくれた。八十過ぎて初めて洗濯機で洗濯をした。

私ども夫婦は今、老人ホームに入居しているので、およそのことはホーム任せでことが足りるが、細かいところは妻に代わって私がしなければならない。洗濯物を干すのは私の役目である。家事にもだいぶ熟練してきた。どういうわけか私が洗濯物を干すと妻は「有り難う」と丁寧な口調で礼をいう。妻は劣化した頭脳で洗濯物を干すのは主婦の役目といまだに考えていて、亭主に対して詫びるような口調で「有り難う」といっているのかもしれない。

そういう妻の心のうちを考えると、私に引け目を感じている妻の心情も、考えれば哀れな話である。

第二章

死にざまの研究

ぴんぴんころり願望

老い先短い年寄りになってしきりに考えることは我が死にざまである。年寄りのだれしもが願うのはぴんぴんころりとあの世に旅立つことである。

今の今まで、ぴんぴんと元気に暮らして、突然ころりとあの世に旅立つという、何ともうらやましい死に方である。

医師をはじめさまざまな人に訊くところによれば、単なる「ころり」なら結構多いという。病気による突然死もある意味では「ころり」である。心臓麻痺、心不全、脳卒中、怪我による即死なども「ころり」である。残念ながらぴんぴんが付かない「ころり」である。

正直な気持ちとしては、突然死のころりはあまり歓迎しない。やはり、ぴんぴんころりこそが望ましい。若いとき、寝床に体を横たえるとき、このまま永遠に目が醒めなかったら嫌だなと、一瞬恐怖に似た感覚を覚えたことがある。今は違う。このまま目が醒めずにあの世に直行できれば「ぴんぴんころり」だなと考える。

翌朝目が醒めないのはぴんぴんころりというより、突然死と思うのだが、老人の突然死はほとんどぴんぴんころりと同じようなものだ。歳を取るといつ突然死に見舞われるか判らないから、常日頃、死の準備は怠りないようにしていなければならない。

巷間伝えられる「ぴんころ」は、何とも羨ましいかぎりである。

夕食が終わった九十三歳の翁（おきな）、やおら立ち上がり「眠くなった。先に休むぞ」と家族に言い置き、悠然と寝室に入った。翌朝、家人が寝室を覗いてみると、大の字になって息絶えていたという。これは突然死というより、ぴんぴんころりの中に入るであろう。

同じく九十五歳の翁、その晩の夕食に食欲がなく、お湯割の焼酎を所望した。コップ一杯のお湯割の焼酎を時間をかけて飲み干した。相当に酩酊し、孫に寝室に運ばれて就寝した。夜中に大きな呻き声が聞こえたので、家人が駆けつけてみると亡くなっていた。大きな呻き声というのが気になるが、これなどもぴんころといってもいいだろう。

この話を聞いたとき、呑兵衛の私なぞ、うらやましい話だと思った。焼酎のお湯割でしたたかに酔ってあの世に旅立つなど理想的である。食欲がなかった夕餉というから、空きっ腹に焼酎がしみて死期を早めたのかもしれない。死期が早まったにしろ九十五歳である。ぴんぴんころりには変わりがない。

私と同じ老人ホームに入居していた婦人の話である。この婦人とは入居当時から親しく挨拶を交わしている一人だった。この婦人も確か九十は越えていたはずだが確かな年齢は判らない。散歩を日課にしている方で、毎日、一万歩は歩いているというお話を聞いたことがある。

何年か後のある日の話である。偶然にホームの敷地内でお目にかかり、少しの立ち話をした。「相変わらず元気そうですね」私は声をかけた。社交辞令ではなく偽らざる感想を述べたのである。婦人はその日も散歩用のノルディックステッキを両手に持っていた。出会ったのは婦人が散歩から帰ってきたときだったのだろう。

「本当は元気ではないのよ。この頃は六千歩歩くのがやっとなんですよ」

婦人は微笑みながら答えた。当時私が八十歳前後のときで、三千歩歩くのもやっとの思いをしているときだったので、婦人の六千歩には脱帽した。

それから一週間ぐらいして婦人は亡くなった。その日、少し具合が悪くなって「横になりたい」といってベッドに入ったという。名前を呼ぶと首を縦にふって応えたというが、そのまま目を開かずに息を引き取ったと聞いた。机の上に老人ホームの仲間たちへのお別れの手紙があったという。この例などもぴんぴんころりの代表的な例だと思う。

この例に接したとき、当然のことだが、ぴんぴんころりであの世に旅立つためには、健康という条件が前提でなければならないと痛感した。散歩の日課で体力を維持し、特別の病気にもならずに終末を理想的に迎えられた。私など、ぴんころに憧れているが、常日頃体力を鍛えることもせず、のんべだらりんと日を送っているのだから、ぴんころの終末は夢想ということになるのかもしれない。

長い療養生活をしていたひとが、ある日突然亡くなったとしても、それはぴんぴんころりとは呼ばないだろう。

私の母は結核で胸郭整形の手術をして肋骨を六本も切除していた。病弱の身を抱えながらも六十過ぎまで生き長らえていたが、風邪を引くと肺性心という病気を引き起こして、入院して一週間めに亡くなった。死ぬ前の日に見舞いにいった私と少しの時間会話を交わした。私は風邪が治って退院するものとばかり考えていた。ところが私と話をしたその翌日あっけなく亡くなった。こういう亡くなり方はある種の突然死で、このような死にざまをぴんころとはいわないだろう。作家の柴田練三郎さんも母と同病の肺性心で亡くなった。前日まで自著の文字校正をしていて急に亡くなられた。柴田さんも肺結核で胸郭整形をしていた。肺性心というのは、肺の機能が十分ではなく、心臓に負担をかける一種の心不全である。柴田さんは前の日まで仕事をしていたのだから、一見ぴんころのようだが、このような場合もぴんころと呼ぶことはできない。肺に疾患があってぴんぴんしているはずがない。

ぴんぴんしているというのは健康な状態を表す言葉だ。こうしてみると、案外ぴんころに当てはまるひとは少ないのかもしれない。私も高血圧で喘息持ちで肥満である。ぴんぴんしているとはお世辞にも言えない。これで突然あの世に行けばぴんころではなく突然死である。ぴんころを願うなら、年寄りよ体を鍛えておけということだ。

この原稿を書く十日ほど前、知人から電話があり、姉上が百五歳で亡くなられたと告げられた。亡くなる五日ほど前から、食事もせずにこんこんと眠り続け、そのまま目を開くことなく亡くなられたという。特別、病弱ということも聞かなかった。天寿を全うしたわけである。形としては老衰死である。だが老衰死という呼び方では少し淋しい。老衰死こそが自然死である。本当のぴんころは「自然死」ということかもしれないと思ったりする。うらやましい亡くなり方である。

年寄りの健康不安と死にざま

年寄りになって実感したことは病気や怪我をすると治りにくくなったことだ。若いときは、すり傷などのちょっとした怪我は放っておいても自然に治ったものである。風邪などは少々の熱があっても二、三日体を休めると症状が消えて元気を回復した。少年時代、中学三年の話だが、前日に四十度の高熱があったのに、翌日平熱になり、地区のバスケット大会に出場した。バスケットは過激なスポーツでよく耐えられたものだと振り返ってみて感心する。これと似たような経験は幾つか体験している。

二十歳のころ、井の頭線に乗っていて急に高熱で倒れ、途中駅で駅員の宿直室に担ぎ込まれた。医師を呼ぶという駅員を制して、一時間ばかり横になり、落ち着いてから駅舎を出た。その帰途、渋谷駅で友人と落ち合い焼酎をしたたかに呑んで終電車で帰った。その後体調を崩したという記憶がない。今なら、下手をするとあの世行きである。

若いときは、少々の体の不振は自然に回復したものだ。どういうわけか若いときは実際に風邪はよく引いた。私は風邪の引きやすい体質だったのだろう。風邪で高熱が出て布団にもぐり込み、二、三日寝ると不思議に回復した。風邪は万病の元というが、病気らしい病気もせずに馬齢を重ねて、気がついてみると後期高齢者を迎えていた。

四十代で、気管支喘息になった。長年のヘビースモーカーが原因であるが、我が家系は結核家系で、肺の弱さは生来のものである。私の喘息は体質も関係があるのかもしれないが、直接的病因は煙草の吸いすぎである。ひどいときは一日百本ということもあった。

私の喘息は、煙草の吸いすぎという自業自得である。若いときから煙草、酒、夜更かしといった体に悪いことばかりしていたので、私はそんなに長生きはできないだろうと覚悟していた。ところがいつの間にか八十代も半ばを迎えた。

老人ホームに入居してからの生活は健康的であるが、そもそも入居したのは七十七歳で、そのとき、今まで不摂生な生活を続けてきたのに、よくぞ後期高齢者に仲間入りができたものと改めて感心したことを記憶している。

私の知人の中には、酒も煙草もたしなまず、スポーツを趣味としていたのに五十代の働き盛りで、肺癌になり、あっけなくこの世を去った人もいる。それに対比して、無謀不埒な生き方をしている私が長生きをし、聖人君子の生き方をしていた彼のほうが儚(はかな)くこの世を終わったのは何とも釈然としない感じはあった。

私は八十歳直前に「蜂窩織炎(ほうかしきえん)」という難病にかかった。高熱が出て下肢が腫れ上がり、腫れ上がった下肢は強烈な痛みを伴うのである。

医師の説明によれば、一種の皮膚病で細菌による感染症とのことである。ただし人から人への感染はないという。習慣性があるのか、同じ病気を二度経験している。その度に入院して抗生物質の点滴を受けた。八十歳過ぎて経験した病気は「帯状疱疹」である。どちらも難病だが、どちらも若いときの不摂生が原因というわけではなさそうだ。ただ、老人になって抵抗力や免疫力が低下したために起こる病気であるのは間違いない。

周知のことだが、仏教の教えに「生老病死」の四大苦が説かれている。人間の苦しみの一番大きいのが、この世に生を受けたこと、老いること、病になること、そして死ぬことの四つだという教えである。考えてみると、この四大苦は人知では如何ともしがたい人間の宿命ばかりである。一章でも愚痴ったが、私は年寄りに好きでなったわけではない。人間の宿命として老いが与えられたのである。

病もしかりである。難病もガンも、自業自得の部分もあるのだろうが、多くは自分の意思に関わり無く自然に発症したのである。歳をとると、自然治癒力も免疫力も低下し病気にかかりやすくなる。病と老いと死はセットになっている。すなわち人間の四大苦は全ての老人が背負っていることになる。

言い換えれば、四大苦は人間が老いて背負わされる試練である。この苦難は人知でも医学でも解決できるものではない。四大苦は人間の背負わされた宿命で、如何ともしがたい苦痛である。人間はこの苦痛にただ耐えて死んでいくしかない。

前述のようにどのような死にざまを迎えるか、誰も、我が死にざまを生前に予測することは不可能である。あきらめの中で言えることは、どんな死にざまを迎えようとも狼狽(うろたえ)ない覚悟を持っていることだ。

不確かではあるが、心身ともに健康に歳老いた人は四大苦の苦痛が少ないような気がする。「心身ともに健康」といえば「ぼけずに寝込まない」ということだ。しかし歳老いてぼけない寝込まないというのは言うは易く現実は難(がた)しである。なぜなら前述したごとく、歳とともに病気になりやすい体に劣化していくのが年寄りだからである。

考えてみると年寄りというのはもどかしくて切ない存在なのだ。私の一生はもどかしくて切なさばかりの連続だった気がする。老人になってもその状態は変わらない。我ながらいじらしい年寄りだと思う。

長寿の条件——食とくらし

四十年ほど前の話だから、今とは暮らし向きが多少異なる時代ではあるが、百人近い老人に長寿の条件について取材をし、アンケートを取ったことがある。確か七十五歳以上の男女である。最長老は九十八歳の男性だったと記憶している。四十年前は当然ながら八十歳以上の老人は長寿の範疇(はんちゅう)に入っていた。

取材の内容は主に食生活だった。取材が終わった後、私の率直な感想は、目から鱗(うろこ)が落ちるといった新鮮な感想はなかった。すなわち、長寿の彼らは特別な食生活で暮らしていたわけではなかったのだ。

きちんと三食を食べる。朝晩は味噌汁を飲む。一週間に一度うなぎを食べる。一合の晩酌は欠かさない……など、あまり代わり映えのしない答えだった気がする。山梨県の長寿村の何人かの老人が、山の湧水を毎日飲んでいるといった答えが、かすかにユニークな答えだと感じたくらいである。

納豆、野菜、とろろ、玄米という答えは多く聞かれた気がする。刺身をよく食べるという答えもあり、後年、きんさんぎんさんという長寿姉妹が刺身をよく食べるという話に接して、昔、長寿の人にそんな答えがあったことを思い出した。しかし、私が調べた老人の食生活は、全体的には特別長寿食というような食生活があるわけではなく、まともな食事をきちんと摂取していれば健康に効果があるという調査結果だった。

私は酒好きなので「毎日一合の晩酌」という答えに我が意を得たりという感じが

したが、毎日一合だから体にいいので、私のように毎日たらふく呑んでいれば、体にいいわけがない。後年、医者にインタビューをしたとき、アルコールも少量なら、血栓を溶かす効果があるという話を聞いたが、毎晩一合の晩酌はそういう意味でも長寿の条件にかなっていたのであろう。確か沖縄の百歳以上の長寿を保った老人が毎晩焼酎の晩酌を欠かさなかったという話を聞いた。

あのときの取材の結果で判ったことは、長寿食といったものが特別にあるわけではなく、きちんと三食好き嫌いなく食べている人が多かったということである。長寿者には、老いた身で畑仕事、孫の子守など、適度な労働をしている人が多く、毎食空腹においしく食事をいただいているという答えが印象的だった。

生活スタイルでは、一番多かったのが「くよくよしないで日を送っている」という答えだった。要するに長寿者はストレスの無い暮らしで日を送っているということである。くよくよしない生き方というのは長寿の条件としては絶対的といっていいような気がする。心配ごとやイライラは命を縮めるのは確かである。震災後に仮設住宅で暮らしている人に亡くなる人が多いのは、過剰なストレスが原因である。くよくよしないという生き方こそが長寿の第一条件といえそうである。

心配ごとや悲嘆は老化を早めるのは、私自身もこの目でも見てきた。当時の老人の取材で、もう一つ並行しておこなったのが老人の恋愛だった。

恋愛をしている老人は総じて若々しい人が多かった。確かに、老化や老醜は恋愛にそぐわない。それなら恋愛をしている人は長寿者かというと、そうとばかりはいえなかった気がする。もっとも、八十歳以上で恋愛をしている人は少なかった。老人の恋愛ということになると、取材の対象は六十代、七十代のひとがほとんどを占めていた。

あるカップルの話がある。二人は同じ老人ホームに入居していた。断っておくが私も現在老人ホームに入居しているが、私の入居している老人ホームの話ではない。それに、この話は四十年くらい前の話である。

二人は老人ホームで知り合い、愛を育んでいた。二人の交際は老人ホームの中ではだれ一人知らない人がいない公然の恋愛だった。職員も入居者も二人を温かく見守っていた。ところが、この事実が男性の息子の知るところとなり、突然父親は息子によってホームから連れ去られたのである。理由は二人が結婚することで、父親の残した財産を新しい母親に流出してしまうことを子供たちが警戒したからである。

この項目は老人の恋愛を語るのではなく、長寿の条件について述べるので、その顚末（てんまつ）は省略する。私がこの事実を知ったのは男性が息子に連れ去られて十日ほど経ってからだった。私は、別な取材でホームを訪れ、ついでに失恋した彼女の部屋を訪れた。部屋から出てきたのは、まるで別人のごとく老いさらばえ憔悴した彼女だった。当時、七十歳前後のはずだったが、まるで瀕死の老婆のごとくで、目だけがぎらぎらして、私は彼女の顔から夜叉のお面を連想した。美貌で華やかでお色気があり、活動的だった女性が一夜にして変貌してしまったのだ。

数年後、彼女がぼけが進行して、寝たきりになったことを知った。恋愛は若返りの妙薬だが、その逆に失恋は命を縮める。まさに恋愛は失恋によって長寿一転、短命へ傾く危険をはらむ「両刃（もろば）の剣（つるぎ）」だということをそのときに感じた。恋い焦がれるストレスはある意味で若返りの特効薬だが、恋を失ったストレスは短命への引き金となる。命短し恋せよ乙女だが、先が短い老人には恋は危険ということである。

長寿者の生活スタイルで納得できるのは「悩み少ない生活」ということだが、果たして現在、そんな暮らしが多くの老人に許されるのであろうかといささかの疑問も感じる。当時私は四十代から五十代にかかる年齢で、取材の結果を素直に肯定していたが、今、私はそのときの取材対象だった老人と同年齢であり、まさに老いの真っ只中にいる。

今の私は見たところ元気で、仕事や俳句の講師、カルチャースクールの講師など、前向きなストレスを抱えているが、日常生活ではくよくよしない生き方をしているつもりである。ただ、私がこの歳まで生き長らえたのはたまたま運がよかったからだと考えている。

確かに八十五歳は長寿といっていい。しかし、私がこの歳まで元気でいられたのは、特別な健康法を実施し、生活スタイルに配慮したためではない。

前述したように、私は若いときには不摂生な生活をしていて、とても長命は望めないだろうと考えていた。ところが案に相違して八十五歳まで、何とか寝込みもせずに生き長らえたのである。これは、私のＤＮＡが長寿を保つように組み込まれていたためである。加えて医学の進歩や人知では計り知れない運が加わって、この歳まで生き長らえたのである。

私の家系は結核家系で、結核の効果薬が開発されていなければ、私は若くして命を失っていたかもしれない。第一、終戦時に私は十歳で、憧れの少年航空兵にも志願できず、特攻隊で出撃することもなく終戦を迎えた。もう七、八年早く生まれていたら、私は少年航空兵として命を失っていたかもしれない。

七、八歳のころ、ソリ遊びをしていて、丘の上から猛スピードで激走して、川に真っ逆様に転落したことがある。運よく川縁のコンクリートにも激突せず、川にもはまらず、深く積もった雪の上に乗り上げた。私はかすり傷一つ受けなかった。大声をあげて泣いて救助を待った。ダイビングの着地点が一メートルずれていたら大怪我か命を失っていたかもしれない。その他にも九死に一生を得た話は幾つかある。近いところでは、七年前に脳出血で病院に担ぎ込まれた。私のＣＴ写真を見た医師は「出血部位が三センチほど下だったら呼吸中枢で非常に危険でした。本当に幸いでしたね」と語った。私は症状も軽く二週間の入院で無事に退院した。処置が早かったために後遺症も残らずに元気で暮らしている。

危機一髪を乗り越えて長命を保っているのは私の努力の賜物（たまもの）ではなく、運が良かったのである。常識的にありふれた言いかたをするなら、神仏の加護のおかげである。若き日の放蕩無頼（ほうとうぶらい）の生き方に罰を与えられることなく、神仏の慈悲が我が身に及んでいるのである。何とも有難い話である。

私の友人、知人の中には品行方正、信心深い模範的人間であるのに、思いがけない事故にあったり病気を得て夭折（ようせつ）した人も何人かいる。

中には一生懸命体力作りに励み、食生活に一家言があり、自己の信念に基づいたベジタリアンとして生きている人がいた。ところがこの人、肝臓を患って六十代半ばであっけなく亡くなった。そのとき私はその死が信じられない思いだった。

私ときたら、煙草、暴飲暴食、徹夜、寝不足という健康的悪業を繰り返してきたのに、与えられた罰は気管支喘息だけである。これさえも薬のおかげで三十年近く発作が起きていない。ベジタリアンの急逝に接したとき、長寿とは精進して得られるものではないと思った。彼の死で思ったことは、長寿は人それぞれに備わっているＤＮＡと運命によるものではないかということであった。

私の取材した長寿老人の一人は「私が長生きをしているのは長生きのために何の努力もしなかったからでしょうな、はっはっは」と、何とも人を食った答えをした。さてさて、長寿は如何にして手に入れるべきか？ということだが、私の調べた範囲では、これという法則も、長寿のための生き方というものもない。それでも各自の長寿に対する哲学とか生き方の信念を持つことは一つの人生の目標にはなる。とはいっても、人それぞれ、各自の寿命は神のみぞ知るということかもしれない。

老衰死への憧れ

人間は無限に生きることはできない。どんな健康な人でも何時かは終末を迎えなければならない。たとえ病気にかからなくても、老いの深まりによって、肉体の機能が失われ、やがて終末を迎えなければならない。すなわち老衰死である。

しかし、老衰死は口で言うのは簡単だが、だれにでも容易に手に入れることのできる死にざまではない。持病があるのは年寄りとして仕方がないが、病気によって終末を迎えるのは老衰ではない。多くの場合、老人は病を得て終末を迎えることになる。

老衰は正しくは、自然の摂理によって、命枯れて、生きる力が失われて死ぬことである。いうならば自然死である。

医学の技術で延命させられることもなく、蝋燭の火が自然に燃えつきるように、樹木が朽ちて土に帰るように命が終わることができれば、これは理想的な死である。

前述したように、知人の姉上は百五歳で亡くなられたが、最後は食事もせずに数日間眠り続け、目覚めることなく亡くなられたという。まさに、老衰死のモデルケースのような終わり方である。しかし、このような死に方は、多くの老人はなかなか手に入れることはできない。特に不摂生な半生を送った私など、この歳まで生きたこと自体が希有なことで、老衰死など高嶺の花である。それゆえに老衰死に憧れるわけである。医学的にも「老衰死」は死因が特定できない自然死のみに使われる言葉だという。こうなると、老衰死のハードルはますます高くなる。残念ながら、私なぞ死因など簡単に判断することができる。いろいろな病気を抱え、突然死のいろいろな危険因子を背負って生きている。（※注：この原稿を執筆後の令和三年一月に筆者は大腸ガンを告知された。264ページ参照）

だれもが「ぴんぴんころり」であの世に行きたいものと考えている。ぴんぴんころりは言うは易しだが、これまたなかなか手に入らない死にざまである。その中でも老衰死は最高の難易度である。

「ぴんぴんころり」も医学的に子細に検討すれば、見た目はぴんぴんころでも、実際は単なる「ころり」というケースが多いという。ころりは実際は突然死であって、一見、ぴんころに見えるだけで、真実の「ぴんころ」とはいえないという。

死因にまれに「多臓器不全」というのがあるが、これはほぼ「老衰死」に近い死に方ではないかと私は考えている。老いが極まり、内臓の働きが悪くなって、ついに死に至るわけである。死亡診断書は「老衰」ではなく「多臓器不全」と書かれる。

私と同じ老人ホームにEさんという文化人がいた。川柳をよくたしなむ人で、なかなかの名句が残されている。Eさんは、絵も描き、詩も書き、ハーモニカを愛していた。Eさんが亡くなったのは令和二年九月だが、その年の新年祝賀会の余興で、ハーモニカで童謡を三十曲も吹いて、老人ホームの住民の合唱の伴奏をつとめた。車椅子の生活だったが、私には元気そのものに見えた。Eさんの死因は「多臓器不全」とあった。新年に何十曲もハーモニカで童謡を吹いて、住民の老人たちにしばし、童心をプレゼントした。まだコロナの予感も全く無い新年の楽しい贈り物だった。Eさんは、亡くなる二、三ヵ月前も食堂に姿を見せていた。とても多臓器不全のようには見えなかった。正月の晴姿を思い出すにつけても、Eさんの死は、やはり「ぴんぴんころり」の「老衰死」ではないかと思うのである。

私の哀悼の拙句は「川柳の辞世かなしき九月尽」であった。おそらくEさんは、自分の死を覚悟したとき、辞世の一句を残したに違いない。辞世句も、きっと才人の名句に違いないが、もし川柳独特のユーモア溢れる辞世句なら、ユーモアの辞世句ゆえに読む人の悲しみは一層大きなものになるに違いない。そう思って私は哀悼句を書いた。しかし、残念ながら私はまだ、Eさんの辞世句にお目にかかっていない。

後日Eさんには糖尿病という基礎疾患があることを知った。正しくはぴんころではなかったことになる。Eさんは甘いものは厳禁なのに医師の言いつけを守らずに、平気で好きなものを食べて暮らしていたという。ぴんころではないが豪快な年寄りの死ということになる。

安楽死の立法化待望論

鮮明な記憶ではないが、四十数年前に「安楽死協会」であったか、あるいは「日本安楽死協会」であったか、名称はうろ覚えだが東京の一角に旗揚げした団体があった。私は雑誌の取材で神田小川町の交差点にあった事務局を訪ねた。創立の会長は太田典礼という産婦人科医であった。この人は避妊リング（太田リング）の発明者として著名な人だった。

私は一時期、女性週刊誌の記者の経験もあり、避妊リングについては多少の知識があった。取材のとき、安楽死協会の会長は避妊リングの発明者であったかとちょっとした感慨を覚えた記憶がある。そのときの事務局長は宮地さんという人で、東大の経済学部の出身なのに文学青年で小説を書いていた。初対面なのにすっかり意気投合して、事務局のオフィスでブランデーをご馳走になりながら話し込み、それから後、新宿の歌舞伎町に足を伸ばして夜中まで飲み歩いた。

意気投合したといっても、宮地さんと私は十歳以上も歳が離れていた。当時私は三十代の終わりで、宮地さんは五十歳初頭の年齢だった。知り合って間もなく宮地さんは出版社経営に乗り出し、物書き兼出版プロデューサーであった私は長い年月に渡って大変にお世話になった。蛇足ながら宮地さんの出版社で、白龍仁というペンネームで出版していただいた小説「霊感商人」は上下巻合わせて十万部を超える部数を売り上げた。（※平成六年・本名で徳間文庫より刊行）

安楽死の話から私ごとの他愛ない思い出話に筆が滑ったが、安楽死協会といっても、日本の法律では安楽死は禁じられているので、活動の幅は限定的となって、確か、後年「尊厳死協会」と改称されたはずである。

「尊厳死」というのは、一口に言えば自分の意志で死にざまを選択するということである。家族の意思、世間的思惑を超越して、自分の終末に確たる意志で臨むということである。すなわち延命治療の拒否など、人間としての終末を自らの意志で、尊厳を持って選択するということである。

現在の尊厳死協会は如何なる活動をしているのか、安楽死への立法化などに積極的に働きかけているのか、尊厳死協会の現在について取材もせずにこの原稿を書いている。

私がここで述べようとするのは、名実ともに安楽死ができるように日本も法律を作るべきだということである。現在、ヨーロッパの何ヵ国では安楽死が可能である。もちろん安楽死を望む場合厳格に選別はされる。不治の病であったり、回復の見込みがない病気の場合など、医師の決断によって安楽死は可能なのである。日本から渡欧して安楽死をした人は何人かいるはずだ。

日本では患者が希望しても安楽死はできない。医師が患者の願いを聞き入れて安楽死を行うと、殺人罪が適用されて、医師は厳しく罰せられる。

私は、自殺のための安楽死や、医師の安易な治療放棄が起きないような手立てを講じて、きめ細かくチェックした上で安楽死ができるように立法化をしてもいいのではないかと考える。心身の機能が劣化した先のない老人などが、生きていても仕方がないと考えたとしても、それは責められるべき考え方ではない。そんなとき、安楽死を選べたらどんなにかよいだろうと考える。

死の瞬間まで、生きようとする意志を持つことは人間として立派な行為だとしても、生きる意志を早々に放棄する老人がいたとしてもそれは非難されるべきではない。

ここでは詳しく論じないが、若い自殺者には問題がある。しかし、老人の生に対する意欲の喪失は若い人の自殺とは全く別のものである。うがった言い方をするなら、老人の安楽死は、年寄りを山に捨てる棄老伝説をそのまま肯定するわけである。すなわち老人自らが一定の年齢に達したら、希望者は安楽死の道を選ぶとことができるようにするということである。生きていて何の甲斐もない老人が自ら死を待望したとしても、それは責められるべきではない。老いさらばえた老人に何が何でも生きよというのは間違っている。

余命三ヵ月と宣告されたガン患者が最後の最後まで己の生を全うしようというこ

と、老いが深まって生きていても何の甲斐もないと痛感する年寄りの思いとは全く別ものである。安楽死は年寄りにこそ適用されるべきものと考える。

もちろん生きる意欲のある老人はまた別の話である。生きる意欲のある老人は、生命の燃えつきるまで、生きようという情熱を失わないことも立派なことだ。しかし生の意欲のない老人や病人は苦しませないで、安楽死の道を提供するというのは一考してもいいのではないか。

こんな暴論を吐けるのも「この世の捨てぜりふ」原稿だからである。とはいうものの、私は生きる意欲を失ったら、早々に安楽死であの世に旅立ちたいというのは本心でもある。

ガンという不思議な病気

私は令和二年十二月十七日にガンの精密検査を受けた。

九月の検便（潜血検査）で陽性となって医師には精密検査をすすめられていた。私には切れ痔の兆候があり、昔も潜血検査でその疑いが指摘されたことがあったのだが、忙しさにかまけて、医師の忠告を無視して検査もせずに二十年近く、大酒呑みつつ何事もなく過ごしてきた。おそらく二十数年前の潜血検査の陽性はガンではなかったのであろう。しかし、今回の陽性はどうやら疑い濃厚である。二十数年前と違って、何となく私も不安になった。それなりに体調の不振も自覚していた。

近年、胃腸に不具合があったので、老人ホームの診療所の主治医に相談したところ、潜血検査が陽性であったこともあり、一応基本的な診断をしてみようということになった。そのときの検査のCT画像で大腸に腫瘍の影が映り、これが怪しいということになった。改めて大病院で精密検査を受けることになったのだ。

病院の担当医には、私はガンでも手術はしない旨を告げた。それなら十二月まで様子を見ようということになった、画像の影が大きくなっているかどうか三ヵ月ぐらい待ってからもう一度CTで確認しようというのである。九月の検査での腫瘍マーカーは煙草の吸いすぎなどでも現れる程度の数値で、これで、ガンと決めつけるわけにはいかないという。私は正直なところ胸をなでおろした。

十二月の精密検査は、血液検査を初め、造影剤を飲んでのCT撮影や超音波検査他である。半日がかりの検査である。その結果だが、端的にいって九月の検査と変わりはなく、腫瘍も大きくなっていなかった。マーカーの数値にも変化はなかった。

医師の種々の問診には「食事は美味しくないが、出されたものは七、八割は食べているし酒も飲んでいる」と答えた。この担当医は話の解る人で「酒が飲める間は大丈夫でしょう。酒が飲めなくなってから治療しましょう」と笑った。

次は翌年（令和三年三月十八日）に検査を受けることになった。私はガンでも手術はしないし抗ガン剤も飲まないと医師に宣告しているので、それ以上の検査を医師はすすめなかった。医師は独りごとのように「徹底的に調べるなら胃カメラや内視鏡ですが……、それはやめておきましょう」とつぶやいた。

私は徹底的にガンの証拠を集めようとは思っていない。内心は自分の体調の不振の自覚症状から類推して、大腸か肝臓にガンがあるだろうと考えているが、それを徹底的な検査で暴き出しても仕方がないと考えている。どうせ手術もせず、抗ガン剤治療も受けないという方針なのだからこれ以上の検査は意味がない。

いずれ、検査でガンであることを暴かれる日がくるのだろうが、そのときに改めてガンとどう向き合うか考えようと思っている。とにかく十二月の検査でさしたる進展がなかったことで、ひとまず胸をなでおろした。

私はガンの疑いを持ったとき、正直な気持ちは「やはり、来るものがきたか」という思いだった。その思いはショックでも絶望感でもなかった。覚めた思いだった。「ガンならしょうがないや。あと何年生きられるかな?」としんとした思いで考えた。

このような静かな思いでガンの不安を受け止めることができたのは、私が八十五歳という高齢だからであるのは間違いない。六十代でガンではないかと思ったときは暗い気持ちになった。しかし前述のように、精密検査も受けずに毎晩酒を飲んでいた。二、三年経つうちに、どうやら体調の異変はガンではなかったのだと自分で納得した。

私は雑誌の仕事で四十代から五十代にかけて、十名余のガン患者の追跡取材をしたことがある。このときに感じた素朴な疑問は、ガンという病気は手術してもしなくても、同じじゃないかという思いだった。

取材の過程で強く印象に残ったのは、手術したガン患者はそちこちにガンが転移して、何度も手術をくり返すという事実だった。このことを体験的に見聞した私は、内心、ガンの手術をすると、ガン細胞が反乱を起こすのではないかという疑問を感じた。

人間は体中にガンの因子を持っていて、通常はガンは体内の細胞の中で息を殺していて、出番を待っているのだが、出番のないままその役目を終えるガン細胞と、ちょっとしたきっかけで細胞が刺激を受けて一挙に暴れ出すということがあるということだ。そのちょっとしたきっかけ（刺激）の一つが手術ではないかと考えたのである。ガン細胞が暴れ出すことを私は「ガン細胞の反乱」と名づけたのである。

私は医学書で勉強したわけでもなく、このことは単なる直感で受け止めた疑問に過ぎない。親しい医師には酒席などでこの話を持ち出すのだが、私の非科学的意見に面と向かって反対した医師もいなかったし、さりとてはっきりと同意した医師もいなかった。一人の年老いた医師がぽつりと「ガンはまだ解らないことばかり多いですからね」と困惑したように笑ったことを記憶している。

私はガンの手術によるガン反乱説に関する原稿を書いたことはない。あまりにも素朴な疑問だったし、ガンで悩んでいる人にこんな突拍子もない意見を述べて治療法に混乱を招いても悪いと思ったからである。

私はこの素朴な疑問については親しい友人知人に、酒席での酒飲み話として話題にする程度であった。しかし「実際に自分がガンにかかったら、どうするだろうか？」という思いは絶えず胸中を去来していた。

二十年ぐらい前に近藤誠という医師が書いた「患者よ、がんと闘うな」という本がベストセラーになったことで、私の素朴な疑問が、医学的に裏づけられた格好になった。当時、私が読んだ書籍は手元にないので、改めて書店から取り寄せた。幻冬舎から出ている新書「ガン治療の95％は間違い」である。昔読んだ本とは違う気もするが、似たような書名であるし、何しろ著者が同じであるから間違いはないであろう。

この本の中に「がんの手術によって、ひそんでいた転移が勢いづいて再発が早くなる現象は、外科医の間では古くから知られています」と記されている。「古くから」というのはいつ頃のことかは判らないが、少なくても、四、五十年前に素人の私が疑問に思ったのだから、医師の間ではもっと古くから知られていたのであろう。しかし、そのことを知人の医師も、他の医師もだれも口外した人はいなかった。いたのかもしれないが、私個人としては聞いたことがなかった。私がガンについて取材を始めた頃は、ガンという病気は早期発見で、治療の王道は手術であった。

近藤医師の著書によれば、手術でガンの再発が促進されるということは欧米の医学雑誌には何度も掲載されていると記されている。それなのに、日本の医学者たちは患者が減るので口外する人が少ないのだという。昔、私の知人の医師たちも私の素朴な疑問に曖昧にしか答えなかったのはそのためだったのかと今更ながらぶ然とする思いである。

私は今回の自分自身のガンの疑いに対して比較的平静でいられたのは、ガン患者の取材で見聞した知識があったためではない。八十五歳という年齢のためである。自分の気持ちの中に八十五歳は、十分に生きたという思いがひそんでいた。仮に手術でガンが無事切除できたとしても、生きられる年数は残るところ五、六年くらいのものであろう。それと同じくたとえガンを放置したとしても、二年間ぐらいは生活のクオリティは維持できるのではないかと私は考えたのである。それなら生活の活力を奪うような手術はしないで、酒でも飲んで多少命を縮めても、ガンを放置しておいたほうが、満足すべき終末になるのではないかと考えたわけである。しかしこれが五十代だったらどうだろう？　と考えてみた。きっとそれなりのショックを受け「手術」か「放置」か迷ったに違いない。

ガンかもしれないという診断を私が平静で受けられたのは前述のように、十分に長生きしたという、ある種の充足感である。これで死んでも悔いがないという思いが私にはあるからだ。五十代、六十代ではこうは達観できない。

手術か放置かで私が悩むのは、手術して一命を取り留め、それから元気になった人を何人か見てきているからだ。手術によって長生きした人、手術で命を縮めた人の割合は恐らく相半ばするのではないかと思う。もっとも、近藤誠医師の説によれば、手術で長生きできるようなガンは、放置していてもガンの転移はなく、それなりに長命は保たれると述べている。そうはいわれても、素人の患者にとっては不安である。「近藤先生だって神様ではないのだから、百%正しいとは信じられない」と医学的に無知な患者は考える。目の前の主治医に「手術すれば短くて三年、あるいは一生元気でいられるかもしれません。しかしこのまま放置すれば、余命は一年ですな」などといわれると、つい手術を受けたくなる。

近藤医師は前出の著書の中で女優の川島なお美さんは手術しなければもっと長く生きられ、舞台にも立てたし、映画にも出演できただろうと推測している。同様に著名なアナウンサーだった逸見政孝さんも手術しなければもっと長い間活躍できただろうと、別冊文芸春秋で逸見夫人の晴恵さんとの対談で語っている。

私も昔取材でお目にかかったガン患者の皆様の病状の推移を見て近藤医師の説に

は納得させられるのだが、もし、私が若くしてガンを宣告されたら確信的に手術を拒否できるかどうか、はなはだ自信がない。川島なお美さんも近藤医師に手術の危険性を予告されていたにもかかわらず、手術をすすめる他の医師の説得を受け入れてしまったのである。

私の体験的ガン細胞反乱説が医学者の理論によって裏づけられたにしろ、現に手術が成功して長命を保っている人もいる。さてどちらを選択するか、二者択一を迫られたとき自分が若くしてガンを宣告されたら、果たして私は己の考えを貫くことができたかどうかは判らない。川島さんも、近藤医師のアドバイスに共感しつつも、身近な医師にすすめられ、不本意ながら手術を決断したのであろう。私の場合、幸か不幸かガンの疑いを抱いたのは八十五歳という年齢に達してからである。ガンなどにかからなくてもあの世に旅立つのは時間の問題という年齢である。そういうわけで、ガンの嫌疑がかけられても、最初から手術、抗ガン剤治療はしないと決心ができていたのである。

抗ガン剤については人さまに考えを披瀝(ひれき)するほどには知識がない。近藤医師などは抗ガン剤は白血病など幾つかのガン以外には百害あって一利なしと語っている。

近藤医師は複数の書籍や雑誌で、芸能リポーターの梨元勝氏の死についてふれている。ずばり抗ガン剤の犠牲になったと語っている。その話に関しては、たまたま、私は唯一といっていい生き証人である。なぜなら梨元氏が死ぬ六日前に仕事の打合せで私は入院先の病院を訪ねている。仕事の打合せが終わって私が帰るとき、彼は握手の手を差し伸べながら言った。

「今までの抗ガン剤は副作用ばかりが強くて、あまり効かないんで、あしたから新しい抗ガン剤に変えることにしましたよ。今度は元気になりますよ。元気になったら一杯やりましょう」

梨元氏は満面に笑みをたたえて私の手を強く握った。

少なくとも、そのときの梨元氏は私には元気に見えた。この調子なら彼の回復は間違いないだろうと私は信じた。その五日後に仕事の関係先から氏が昨夜亡くなったという報せを受けた。信じられない報せで「何で?」という思いを拭い去ることはできなかった。そのとき、ひょっとすると「抗ガン剤を変えたためでは?」という疑念が私の内部に小さな波紋を広げた。

彼は私より十歳ほど若い。彼が亡くなったのは確か六十六歳である。生前、新しい仕事を立ち上げる抱負も語っていた。無念の死というべきである。

死出の旅立ちのご挨拶

年の瀬が近づくと友人知人の訃報が増えてくる。故人の近親者によって年賀欠礼の喪中はがきが寄せられるからである。多くの場合「喪中はがき」によって故人の死を知ることになる。

喪中はがきの逝去の月日を見ると、故人と食事をして、その二ヵ月後に亡くなっているという例などもある。こちらとしてはまだ元気だと思っていたのに、すでにその人は亡くなっていたことを知らされるわけだ。

死の直後に知らせてもらえば、こちらとしては哀悼の捧げかたも幾分かは違っていたのに彼の死から早数ヵ月も経ってしまっているのだ。私としては、すでに亡くなっているとは露とも知らず、時々思い出したり、会える日を楽しみにしていたりする。

遺族からの喪中はがきによって知らされる親しい人の死は、私には言い知れぬ淋しさを感じる。亡き人とどんなに親しくしていようが、特別な思い入れを持って付き合ってこようが、故人がそのことを周囲に伝えていなければ、通り一遍の喪中はがきが手元に送られてくるだけである。肉親でもない限り、大方の死とはこのようなものであろう。

一枚の喪中はがきを見つめながら、あんなに親しかったのに、あんなに特別な思い入れで付き合ってきたのに……と、一抹の淋しさを感じるわけである。

死んでいく人は挨拶をしようにも、病院のベッドにくくりつけられ、遺族に囲まれて臨終の愁嘆場を演じているわけだから、知人友人のことなどに思いを馳せるゆとりなどあろうはずがない。

あの世への旅立ちはまさに今生の別れである。生きて再び会えないわけで、多くの人に生前のご愛顧への御礼の言葉を述べて旅立つのが礼儀ではないかと私は常々考えている。人によっては、だれにも自分の死を知らせずにひっそりと姿を消すことを美学だと考えている人もいる。自分の死など取るに足らない出来事ゆえ、だれにも知らせないで消えてしまうことこそがスマートな最期と考えているのだ。私の妻などもその考え方である。

しかしその考え方は間違っていると私は思う。別れの挨拶をしてからあの世に旅立つことが人間としての礼儀ではないかと思うのである。生前お世話になった感謝の言葉を述べてあの世に旅立つということは大切な作法だと私は考えるわけである。

誤解がないように断っておくが葬式をすべしといっているわけではない。葬式は生き残った人によって挙行される死の儀式である。死者の霊を慰めるためという大義名分があるが、私はむしろ葬儀は生き残った人たちの死者に対する別れのけじめだと考えている。

私は弔いの儀式は行わなくてもいいという持論を持っている。霊魂は千の風になってどこにでも羽ばたけるのだから、葬儀場に足を運んだり墓参りに来てもらいたいとは思わない。しかしながら霊魂は言葉を発することはできない。ゆえに別れの言葉を生きているうちに残しておけということを私は主張するのである。

死を覚悟したときから、だれに別れの言葉を残して去るかということを考えておくことが大切な心構えである。

二〇一七年に刊行した拙著に「老人ナビ」という本がある。《老人は何を考えて暮らしているか?》という本で《老人の心の内側》をガイドするつもりで書いた本だ。

その中に「私の死亡通知」という項目がある。この中でいっていることは、ここで書いていることと同じようなことだ。「老人ナビ」では親切にも、挨拶文の例文まで載せている。

拙著「老人ナビ」はここで述べようとしていることとほとんど同じことをいつているわけだが、あれから五年経って考えが少し変わってきた。五年前は、死出の旅立ちの挨拶は一律に同じ文章でいいと思っていたが、今はできるなら、一人一人の顔を浮かべて挨拶文を作っておきたい気がする。一律に同じ挨拶文にする人もいるが、個別に別れを述べる人と二種類に分けてもいいかなと考えている。

個別に別れを述べる人には、在りし日の特別の思い出や追憶を盛り込むということだ。《Mさんと歩いた雪の嵯峨野路の思い出を大切に胸に抱いて旅立ちます》《私が××の仕事で苦しんでいたときEさんには救いの手を差し伸べていただきましたね》……などと二人だけの思い出を記して別れの手紙を書けば、より一層相手の心に自分の在りし日の姿を刻み、かつ生前のお礼の気持ちが伝わるのではないかと思う。

病で倒れる前に死出の旅立ちの挨拶文を作っておき、加えて送る人のリストを作っておいて、死と同時に発送するわけである。死んでしまえば自分では発送の作業はできないわけだから、遺族や周囲の人にその作業は託しておくことだ。

《××××年×月×日，午前三時、私こと××はあの世に旅立つこととなりました》

書き出しはこんな感じでいいと思う。

「××」の所は遺族や近親者に死後に書き込んでもらうことになる。死出の旅立ちの手紙を受け取った人は「喪中はがき」でその死を知らされるより、ずっと感動が大きいと思う。仮に三十人に個別の別れを告げるということになると、二ヵ月ぐらいの時間はかかる。病気になってからでは遅い。元気な間に書いておくことだ。

第三章——老人の愛と性

性の現役と性の記憶

二章でも前述したが、四十年ほど前に多数の老人の生活について取材をしたことがある。主として食生活と長寿についての取材であったが、同時に老人の恋愛や性についても取材する機会があった。当時、私は複数の筆名を使ってスポーツ新聞やエロ雑誌に官能小説も書いていたが、老人の性を取材したのは官能小説の材料を集めることとは関係がない。

その頃、正直な気持ちとして老人の性にはあまり興味がなかった。当時、私は四十歳から五十歳にかけての年齢で、たまたま仕事で老人の生態についてふれる機会があったということだ。私はまだ中年であり、性の盛りの頃で、老人の性についてははなはだ冷ややかな関心しかなかった。正直な気持ちとしては、年老いてなお、人間というのは性の呪縛から逃れることができないのが何とも不思議な思いだった。

老人の中には誇張して自分の性を語りたがる人もいて、若かった私には、何とも眉唾な話にしか思えなかった。SM的視点で倒錯した老人の性小説を書くということについては私は意欲が湧かなかった。私の性の興味は若い女体であり、物語を書くならテーマは通俗的な愛欲の世界であった。文学的な性やSMを描くことにはあまり興味がなかった。私は官能小説家としても、ありふれた通俗的作家でしかなかったわけだ。

今にして思えば、あのとき、もっといろいろな話を訊いておけばよかったと後悔らしき感慨はある。とはいえ、今、八十歳半ばに馬齢を重ねた私は、まさに老人真っ只中にいるわけで、取材当時の老人の心境をもろに共有していることになる。今になって、当時を思い返すと、かつての老人の言に「さもあらん」と納得できることや「あれは見栄を張った嘘話であったな」などと、まざまざと思い返すことができるのである。

ところで、性の現役とは幾つぐらいまでをいうのであろうかと、あの頃、若かった私はふと興味を持ったことを思い出す。

当時八十歳半ばの老人で、盛んに性の現役者であることを強調している人がいた。当時は眉唾と疑いつつも、半ば信じて、自分もあと四十年は現役かなどと思ったりしたものだが、今、私はその老人の年を迎えて考えてみるに、どうもあのときの現役話は嘘だったとしか考えられない。

我が身がこの年になって、いろいろな老人の話を勘案すると、老人の性のぎりぎりの現役は七十代後半あたりではないかと思う。もちろん、性には個人差が大きく、五十代や六十代で現役引退という人もいる。しかし、八十歳半ばの現役は信じ難い。

十年くらい前、著名なポルノ作家と酒を飲んで話を訊いたときも、七十八歳あたりが現役打ち止めではないかと語っていた。その作家は私より年長で、その頃ちょうど七十七、八歳くらいではなかったかと思う。七十八歳現役引退論は彼の経験から語っているのではないかとそのとき私には思えた。

「おそらく昔はもっと早かったと思いますよ。今は、バイアグラという薬などもあって、現役の期間が昔よりは二、三年は延びていますよ」

その作家は語った。そのときは私は辛うじて現役というときだったが、我が身を振り返ってその話は真実ではないかと思った。

私の興味半分の取材に「ただ抱き合って眠るだけでは現役ではないのかね」と反論した人もいたが「コーチやマネージャーはアスリートとはいわないでしょう。実際にプレーする人が現役ですよ」と私は答えた。

確かに個人差はある。野球やサッカーでも三十代前半で引退する人もいれば、四十代でも現役の人もいる。

そんな取材のおり、女性の現役は何歳かという疑問を呈した人がいた。女性のほとんどは性の問題をあからさまに語ることをしない。そんな中で、苦労して集めた情報で推察してみるに、女性の現役引退は年齢に関わらず、性に興味がなくなったときではないかと私は推察した。女性は男性より、もっと大きな個人差がある。四十歳で興味を失う人もいれば、八十歳で現役という人もいた。

私の体験した実話を披露する。これは二十年ほど前の話である。東京都内の小さなカラオケ酒場で私が独り酒を飲んでいるときだ。時刻は昼の三時前後だった。女性の団体客が店に入ってきた。何十年目かの女学校の同窓会の流れでその店に立ち寄ったのだという。十名前後のグループで座席が足りず、私の座席に相席を申し込まれた。

私の席に相席になったのは和服姿の老女だった。私と同年輩と思っていたら何とはるかに年上だった。私は六十歳を間もなく迎えるという年齢だった。相席の女性は八十二歳と悪びれずに自分の年齢を告げた。若く見えるが、母より少し年下の女性だった。母は早世したが、生きていれば相席の女性より少し年上のはずだ。

相席の女性は饒舌でいろいろな身の上話をした。五十歳でご主人と死に別れたという。「夫が亡くなったときは、子供二人は大学を出て自立していたので、私は夫が亡くなったとき、晴れて自由の身になったような解放感を感じましたわ」

女性は初対面なのに立ち入った話まで告白した。アルコールが入っていたためとは思うが、露骨な性の話を口にするので、興味はそそられたものの少し辟易(へきえき)とした感じもあった。一行の中に途中で帰る人がいて、席が空いたのに、女性は私の席を立とうとしなかった。仲間に名前を呼ばれると「私はこちらのせんせいと話がしたいの」と仲間の誘いをきっぱりと断った。

店のマスターは気を利かせて何とか女性を私から引き離そうとするのだが、女性は「ご迷惑ですか?」と私に訊く。訊かれて、まさか面と向かって「少しは迷惑です」

と答えるわけにはいかない。「どうぞどうぞ」と私は社交辞令で笑うしかない。

仲間たちも世間知豊富な老女たちだから、特別彼女を非難する風でもなく、「せんせいはハンサムだから××さんは離れようとしないわ。××さんは面食いだもんね……」などと囃し立てて、私の席を立とうとしない彼女を黙認している。

やがて、彼女は私にずばり誘いの言葉を発したのにはびっくり仰天した。

「ホテルでゆっくりお話ししませんか？」

私はその頃辛うじて現役の頃だったが、取材のためとはいえ、親子ほど年齢差のある八十歳過ぎの老女の誘いに応じる気にはなれなかった。

「ちょっと人と会う約束があるもんで……」と断った。彼女は失望の色も露にうなだれた。あまりにもしょげたので、少し哀れな感じもしたが、八十歳過ぎて愛欲を求める彼女の情念には正直感服もした。

当時、老人の性にまつわる小説を執筆しようとしていたときで、老女の性欲について、このことがあって少し開眼したような気がした。

しばらくして、同じ店で例の老女に誘われたというホストクラブの青年に会って取材する機会を得た。青年は出勤前に立ち寄った酒場で老女と出会ったのだという。

青年と意気投合して話している間に、老婆はすっかりその青年が気に入ってしまったらしい。話に熱が入り、際どい会話が続いたあとに老婆はいった。

「一万円あげるから、膝の上に座らせて」

青年は膝の上に老婆を座らせて一万円をもらい、ホテルにも誘われたという。

「三万円あげるからホテルに行こう」と誘われたのだという。

「行ったの?」

私は興味を持って訊いた。青年はうなずいた。

「田舎の祖母より二つも年上なんですよ」と笑った。私は笑われた老母が哀れだった。老女の男への執念に人間の業のあさましさと悲しさのようなものを感じた。このときの取材の材料の一部が拙著『もう一度生きる――小説老人の性』に生かされている。

同時に、私が四十代の頃取材した老人ホームでの愛欲談が、この老女と出会ったことで、確かな事実として裏づけられた気がした。

老人ホームの取材のとき、ある施設の職員から聞いた話で、八十代老女と六十代男性の生々しい愛欲の話であったが、私はその証言を半信半疑で受け止めていた。そのときの老人ホームでの取材は性の話が主目的ではなかった。老人の愛欲話は、いわば取材の副産物であり、私に応対した職員がリップサービスでおもしろ可笑しく大げさに語ったのであろうと考えていた。

老人二人が絡みあう愛欲の場面は、相当に過激であったが、それだけに素直に信じられない気持ちもあった。激しく愛しあう二人を職員が駆けつけて引き離したのだという話だった。ホームの医師はそのままにしておけというのを、若い職員は他の入居者の手前があるといって、絡みあっている二人をむりやり引き離したのだという。この話を聞いたとき、八十歳老女にそんな情熱が残されているのかどうか私はいぶかしく思ったものだった。しかし、私が酒場で出会った老婆の存在で、昔のエピソードが改めて納得させられた格好となった。

このことから、私は女性の性の現役は、本人の情念の燃えている間は続くことを認めざるを得なかった。それに比して男性の場合は情念だけでは行為は行うことはできない。男性の場合は、情念と実行力があいまってはじめて現役である。男性の場合は、一万円で女性を膝の上に乗せることはできても、そのあとが続かない。

しかしながら現役を引退したあと、人間は性の煩悩から完全に解放されるかというと、それは違う。どんなに年を取っても、性の記憶から逃れることはできない。

これは男女ともに共通である。

「夫に抱かれてめくるめく快感を感じたあの日あのときのことを時折思い出している」と語った八十歳の女性がいた。

性の記憶を懐かしいと思うか、悔恨の思い出か、美しい思い出か、汚れた追憶か、形に差はあれ、性の記憶は生きているかぎり失われるものではなさそうだ。

老人は過ぎ去った性の記憶を抱いたまま、無残に老いて終末を迎えるのはほぼ間違いはなさそうである。

「老人の性」取材ノート

老人の生態取材の副産物

前述したが、私には老人の愛と性を題材にした小説の拙著がある。

『もう一度生きる——小説老人の性』(河出書房新社)である。

刊行したのは二十年余り前で、私が還暦を過ぎて間もなくだった。私は小説を執筆した当時、自分自身は老人という自覚はまるでなかった。

前述したように、私は四十代から五十代にかけて、雑誌記者、あるいはルポライターとして老人の生態について調べたことがある。また同時期に、脚光を浴びつつあった老人ホームの実情を取材する機会にも恵まれた。老人の性については、多くの場合、そのような一連の取材の過程で、副産物として入手した情報であった。

最初、老人の性について、ドキュメンタリーとして書こうと考えたが、何しろ、内容が内容であり、当の私自身がとても信じがたいと思っている話ばかりで、執筆するのに及び腰であった。取材した当人が事実の有無に首をかしげているのに、ドキュメンタリーで発表することには気乗りがしなかった。そんなわけで、数年間、放置していたのだが、あるとき小説なら多少の誇張があってもいいのではないかと考えた。私が真の小説家なら、そんな無謀なことを考えなかっただろうが、やはり、私の本質は通俗作家で、せっかく得た情報をそのままお蔵入りにしてしまうのは忍びなかったのだ。

私は、一年がかりで多数の情報を切り張りして一篇の小説に仕上げた。筋の運びや登場人物などの設定については、第三者の評価はともかく、自分としてはまあまあの出来と自惚れている。

当然ながら取材で得た情報を全て小説に盛り込むことは不可能である。情報そのものが目的を持って集めたものではない。老人の生態を取材している間に自然に蓄積されたもので、小説に無関係な話題や情報は私の取材帳の中に手付かずで残された。

貧乏性というかさもしいというか、ノートに埋もれてしまったネタが惜しくなって、出版社に頼み込んで一冊の本にした。かくして2005年に《愛についての銀齢レポート——「高齢者の恋」取材ノートから》なる一冊が刊行された。

一度本になったものをまたほじくり出しても仕方がないが、年寄りの性についてもう一度捨てぜりふで吐き出してみたいと思ったのである。

前著の中には二十四の随筆が収められているが、改めて読み返して、新たな感慨を抱いたものもある。二十年ほど前に書き進めているときは、私自身、老人の域に達しないで書いていたが、今はまぎれもなく老人の身となって読み返しているのである。新たな感慨を覚えるのも当然である。

性というのはいわば人間の本能で、生きるための厳粛な営みである。人間の性は動物と異なり、調べれば調べるほど奥深いものがある。動物の生殖行動のように単純に割り切ることはできない。一人一人の個人差が大きい。動物と違って人間には知性があるから、性を単なる生殖行動として片付けるわけにはいかない。それで小説の題材になったりするわけだ。

七十七歳で性に開眼した女性

「高齢者の恋」の中の幾つかを紹介してみよう。

《七十七歳で初めて知った性の喜び》を語っている女性がいた。七十七歳の女性は数年前に夫をなくした。夫の死後、巡り会った七十歳の男性と結ばれた。そこで初めて性の喜びを知ったというのである。女性はそのことを述懐している。

「このまま死んでしまったんじゃ、あんまりかわいそうだからって、神様が最後にこんな喜びを与えてくださったんでしょうかね……」彼女は続けてこう述懐している。

「そりゃあ、もうお互いに年ですから、月に二、三回とこですけど、それでもこの人の体にさわらないかと心配でねえ……」と語っている。

七十七歳の女性が七十歳の男性の体を心配しているのが何とも微笑ましい。

この取材をしたときは五十歳の頃で、その頃、私の母は他界していたが、母よりも年上の女性が性に狂うさまに信じられない思いを抱いた記憶がある。

同じように七十一歳の未亡人がホストクラブのホストに夢中になり、夫の生命保険の大半を使い果たしたという女性を取材した。同じように七十六歳の男性が二十二歳のキャバクラ嬢に失恋して自殺を考えたという老人も取材した。キャバクラ嬢は「騙したつもりはなかった。お祖父ちゃんを慰めているつもりだった」と周囲に語っていた。

当時、私は九十歳の人を何人か取材している。九十歳となるとさすがに性を実行している人はいなかったが、三人の男性が欲望はあると答えている。今、私は八十五歳だが、欲望があるとは言えないと思う。あるとすれば性の懐かしさというものだろう。性への郷愁ということだ。

悲しきかな定年離婚

取材当時、定年離婚が流行していた。流行という言い方は少し変だが、しばしばメディアに定年離婚のことが報じられて話題になっていた。

定年離婚の多くは妻から夫に離婚を切り出される。退職金が支給されると同時に妻は夫に離婚をせまるというわけだ。それで定年離婚と呼ばれることになる。

私が取材した男性の場合も女房に三下り半を突きつけられて離婚した一人だった。定年前は大手商社に勤めていた人だ。若い頃はやり手の営業マンで、大商社を一人で背負っているといった勢いで仕事をしていたらしい。

交際費も当時の金額で月額何百万円というワクが認められていたという。彼は銀座のクラブのマダムと懇ろになり、マダムのマンションから会社に出勤というような毎日を送っていた。そんな生活が一変したのはバブルの崩壊であった。また、会社側も彼の豪遊ぶりに気がついて部署の配置転換を行った。その結果、銀座の夜の帝王が一転してただのサラリーマンに格下げになってしまったのだ。

彼に目をかけていた重役がこの機会に家庭に戻るように彼を説得した。彼は説得を受け入れてマダムと手を切って家庭に戻った。妻に詫びを入れ、子供たちも許して一件落着した。彼も心を入れ替えて真面目なマイホームパパに変身して十数年間を生きた。

定年までの十数年間を真面目な父として夫として暮らしてきた。彼は遠い昔の自分の仕打ちは妻にも子供にも許されたと考えていた。ところが妻も子供も彼の昔の所業を決して許してはいなかったのだ。

退職金が振り込まれた翌日、結婚して家を出ていた長男、長女も同席して家族会議が開かれ、妻から離婚が切り出されたのだ。夫は一瞬逆上したが、妻も子供も彼の昔の非行をあげつらって逆襲した。

結局、弁護士を間に入れて退職金のみならず、財産も折半して彼は家を追い出された。たまたま彼がひそかに投資していた企業の株式が一千万円ほどになって、そのへそくりをベースに六十歳過ぎての一人暮らしに踏み出した。淋しい再出発だった。

それから十年ほど経ったとき、私は御茶の水の駅前で彼とばったり再会した。恰幅のよかった風体もすっかり痩せて、白髪の長髪は何とも淋しげにみえた。

そのとき、彼と喫茶店で一時間ほど話しこんだ。彼はガールフレンドもたくさんいて、中には結婚してもいいという女性もいると私に強がってみせた。しかし、彼は別れた妻に未練があるようだった。彼は妻が年老いて、子供や孫に邪魔にされ、孤独になったときに自分のところに戻ってくるのではないかと期待している口ぶりだった。女は一度冷めた愛情に火のつくことはない。私はひそかに彼の心中を思いやって哀れに思った。

それにしても、女は怖いと私は思った。十数年、虫も殺さぬ顔をして夫につくし、退職金の出る日をてぐすねを引いて待っていたのである。彼はすっかり妻に許されていると思って、何の疑念も不安も抱かずに財産管理を任せて、妻と二人の老後の世界一周の旅行を夢見ていたのである。男の人の好さもおめでたいといえばいえる。

この話に接したとき、私は若いとき、目に余る破天荒に加え、家庭を顧みない放蕩無頼の日々を送っていたので他人事ではなかった。しかし、一銭の退職金も出ない貧乏作家では、妻も離婚を切り出すきっかけがつかめなかったのであろう。私はそういうわけで離婚の危機を乗り切ったわけである。

腹上死の恍惚と不安

私の拙著「銀齢レポート」の中に「腹上死」について書いている項目がある。随筆のタイトルは《腹上死の不安と恍惚我にあり》というものだ。

私の老人に関する取材源の上得意だったある老人が急死した。知人たちの憶測では彼の老人の死は「腹上死」ではないかと噂されていた。

私は当の老人の愛人にも面識があったが、痩せて眼鏡をかけていて、少し取っつきにくい冷たい感じの女性だった。こと、性に関しては人は見かけによらないことが多い。しかし、あの天真爛漫、少し虚言癖のある好色老人が彼女のお腹の上で亡くなったことを想像すると、どことなく少し異質な感じがした。生前、老人は何度か私に「彼女はことのほかあれが好きなんですよ」と語ったことがある。女性も七十歳近い年齢だったと思うが、彼女の冷ややかな挙措からは好色の気配は感じられなかった。

この老人の話ばかりではなく、何年間かの老人の取材中に、腹上死の話題に何度か及んだことがある。ほとんどが噂話であり、冗談話であった。人の死を笑い話にするのはけしからんが、腹上死は何となく死の尊厳が感じられないのである。

改めて述べるまでもなく、腹上死という死にざまがあるわけではない。行為中に脳溢血や心臓マヒで急逝するわけである。考えようによっては大いなる悲劇なのだが、多くの人はこの悲劇を笑い話として話題に乗せるのである。

「何しろ恍惚の中で息絶えるわけですから、日本一の幸せもんでしょう。あやかりたいもんですな……」などとにやにやして語る。しかしそう語る本人もそれを望んでいるわけではない。本心からそう思って語っているわけではない。血圧や心臓に弱点を抱える老人の中には結構腹上死の不安を感じている人がいた。

昔、源氏鶏太というサラリーマン小説家がいた。「三等重役」「定年退職」などの代表作がある。彼の小説の一つに、愛人宅で腹上死をした社長を、忠義の重役が自宅に引き取って本妻の目をくらますという小説があった。私も取材中にそれに似た話を何度か聞いた。ある男性が愛人宅で急逝した。この話は実際は腹上死ではなく、愛人宅の風呂場で亡くなったというのが真相らしい。思い余った愛人は男性の友人に相談した。早速仲間数人が集まって、愛人の部屋を男性風の部屋に模様替えしたのだという。カーテンの色、本棚の本まで男性の部屋らしく模様替えして本妻に通報したのだという。マージャン中に急死したことにして、架空の点数表まで偽装工作をしたというから芸が細かい。これは、愛人の私宅だから偽装もできるが、ラブホテルではこうはいかない。

ラブホテルで男性の急死に遭った女性は、仕方なく警察に通報はしたものの、女性はどさくさに紛れてこっそり逃げようとして警官に叱責されたという話もある。

心臓マヒの急死にしろ、外出先での死は一応変死に当たるわけで、そんな子供だましの偽装工作が許されるものなのかどうか、その辺からして、この手の話題には胡散臭いものがある。

冒頭の私の知人の老人の腹上死は、偽装工作もならず、医師と警察に連絡して本妻には警察から連絡してもらったという。遺体は解剖のため警察に引き取られ、その後本宅に引き渡されたという。

今まで何年もの間、二人の関係は本妻に知られていなかったというのも何とも不思議な話である。そのおしゃべり老人は、私のようなもの書きにまで愛人を紹介してはばからなかったし、二人は仲間の中ではだれ知らぬもののいない関係だった。あまりに堂々とした関係だったので、最初私はそのカップルを夫婦だと思っていたくらいだ。おしゃべりな好色老人と眼鏡の教師風愛人の組合せは確かに夫婦というにはちょっと考えにくいカップルではあった。いずれにしろ、本妻が今まで気づかなかったのは不思議だと思った。

この話を聞かせてくれた老人の友人は、彼の断末魔の様子を私に語った。

今際の際の老人は、胸の辺りを押さえながらも、股間を指さしてパンツを履かせろという仕種をしたらしい。彼女がパンツを履かせ終わると、安心したように息を引き取ったという。こんな最期ではとても恍惚とはいかない。

「我々も年寄りなのですから、女房以外の女性とナニするときは、愛人とは手はずを整えておかなければなりませんな。万が一のときはいの一番にパンツを履かせろとかね……」

中には腹上死の不安を乗り越えても快楽を追求するという老人もいた。

「腹上死が怖くてセックスができないなんて索漠とした人生ですね。これからは、腹上死を覚悟の上で決行します」

まなじりを決して語る老人もいた。

「出世したのに年老いて汚職や選挙違反で拘置所にぶち込まれて晩節を汚す人もいる。汚職と腹上死とどっちがいいですかね？」

私に訊いた老人がいた。

「そりゃあ腹上死でしょう」と私は答えたのだが……。

「そうですかね。汚職での刑務所行きなら女房は許すかもしれませんが、愛人との腹上死では、とても一緒の墓には入れてもらえませんよ」

そして、別な老人は語った。

「無難なのは女房のお腹の上で死ぬことですな」

そう語る老人はとても私には性の現役を生きている人には見えなかった。彼らは女の腹上で事切れることを夢想しつつ現役だった頃の我が姿を懐かしく回想しているのだ。

この取材をしたのは平成も半ばの頃で、老人たちはみんな明治、大正生まれの人たちだった。今、昭和生まれの私は八十五歳の老人真っ只中であるが、とても、腹上死を話題にするほどの情熱を持ち合わせてはいない。昔の老人のほうが元気だったということか。

この他にも拙著に登場する老人たちの群像はさまざまな愛と性の話題を私に提供してくれた。

拙著のまえがきの終わりに私はこう書き残している。


人は、老いることと死ぬことは避けて通ることはできない。

体は日々に老いていく。

それなのに、
心が老いない人がいる。
彼らは老人という名の青年なのだ。
肉体と心のアンバランスな恋歌に耳を傾けていただくことを切に願っている。

老人と初恋

「初恋」という、何とも言えない言葉の響きに、だれでもが遠い昔のほのかな慕情を思って陶然たる思いにひたる。我が拙句にして駄句の「老いてなほ初恋おもふ霧笛かな」という一句がある。先が短い老人でも初恋は懐かしい。

初恋を知らない人はいないであろう。あるいはいるのかもしれないが、私はそんな人と今まで出会ったことがない。数だけは他人に引けを取らないほど多くの知人を持っているが、少なくともその知人たちの中に初恋を知らないという人はいなかった気がする。

初恋の多くは片思いであり、勝手に自分の中に相手への思慕を温めるのであるから、気持ちが大きい人とか、引っ込み思案の恥ずかしがりやといった、人それぞれが生まれつき持っている性格に左右されるということもない。

初恋というのは、幾つぐらいのときに芽生えるものかということも、人によって違うし、その辺のところははなはだ曖昧である。

歌人の石川啄木の歌に六つの日の恋を詠った歌がある。しかし、それが本当に初恋の範疇に入るのかどうかは、正確には判らない。

私にも似たような感慨がある。母の友人がなぜか好きになった、好きになり方は尋常ではなかった。その小母さんは、母と同じくらいの年だから、当時三十歳前後のはずで、今にして思えば妙齢の婦人である。私の通う幼稚園の近くに住んでいて、私は遊戯の時間に踊りの輪を抜け出して、小母さんの家が見える土手に座り込んで小母さんの出てくるのを待った。当時の東北の家屋の多くは、トイレが戸外にあり、小母さんがお手洗いに出てくるのを張り込んでいたわけだ。

何しろ五、六歳頃の話だからほとんどの記憶が失われているが、一度だけ張り込みに成功して、家から出てきた小母さんに頭を撫でてもらい、お菓子をもらったことを覚えている。その時のことを覚えているところをみると、よほど嬉しかったのであろう。これが初恋というにはあまりにもたわいのない話だ。しかし、その小母さんを慕う気持ちは初恋に近かったのではないかと今でも思う。

ませていた私は、小学校高学年頃になると、好きになった女の子がいた。その子と一緒にいると楽しく、その子がいないと少しつまらない気がした。しかし小学校の頃の思慕は、やはり恋というには頼りないあどけなさを引きずっている。

それから、一、二年後の中学に入ってからの女性への思慕の情は「恋情」と呼べる感情に近くなっていた気がする。しかしそれも恋の感情だったのかどうか判然としない。初恋だったような気もするし、そうでなかったような気もする。私は多情な子供で、その時々で好きになったり、恋情に似た感情を味わったりした。

中学二年のとき、郡の卓球大会に選手として参加していた隣町の女の子に興味を抱いた。一つ年上の女学生だった。どのようにしてその少女と口をきくようになったのか、今ではすっかり記憶にないが、隣町の古い魚屋の娘であることを知った。彼女がM町の高校に進学したことを風の便りで知った。私も翌年同じ高校に進学した。彼女を追いかけてその高校に進学したわけではなかったが、幾分か彼女のことが念頭にあったかもしれないとも思う。

後年、大学の夏休みで帰郷したとき、その女性と郷里のバス停で偶然に再会した。私より年上の彼女は成熟した女性になっていた。数日して、私は図々しくも彼女の生家を訪ねた。偶然に再会した時、訪ねることを約束したのかもしれない。彼女の生家で過分な歓待を受けた。私は大学生だったが、その頃私は学生運動の闘士で、母にも周囲の人にも自分の本当の姿をひた隠しにしていた。もちろん彼女も私の本当の姿を知らずに歓待してくれた。彼女の両親や家人は気を利かせたのか、二人の部屋には入ってこなかった。彼女は私に「髪を梳かしてあげる……」といって、私の背後に回って乱れた私の長髪を梳いてくれた。その日は、学生運動の闘士である私のひそかな安息の一日であった。あの日から六十年余、彼女には一度も会っていない。

私は彼女を初恋の相手として一度も考えたことはない。あれは恋情に似た感情だとは思うが初恋という感じはしない。

母が入院していた岩手の結核療養所があった。私はその頃、M町の高校から東京の高校に転校していて夏冬に帰省していた。帰省のたびに入院している母の病室にベッドを入れてもらい、一ヵ月ぐらい母の病室で過ごした。隣室に私より一つ年下の女子高生が入院していた。私が一年間通学したM高校の女学生だった。

ある日、私が退屈まぎれにハミングした「アルルの女」に合わせて隣室からハミングで応答したのが彼女だった。それがきっかけで彼女と親しくなった。外出する振りをして私は彼女の病室に入り浸った。看護婦さんに安静の邪魔をしないように注意を受けたことがある。確かに私たちは、少年少女の恋仲になっていた。ベッドに横たわっている彼女の手を握ると彼女は私の手を握り返した。

ある日、外出の許可をとった彼女とバスに乗って北上川の川原に出かけた。川原を手をつないで歩いて木陰のベンチで肩を寄せて時を過ごした。再びバスに乗って療養所のある町に戻った。名残惜しい二人はカキ氷を食べて取り留めのない話に興じた。それだけの話である。夏休みが終わって東京に帰った私はせっせと手紙を書いたが、彼女から一度短い返事が来ただけだった。冬休みに待ち構えて帰省すると彼女はすでに退院したあとだった。私とのことが両親に知られ、療養所を強制的に替えさせられたことを母の口ぶりから察した。

初恋という言葉を聞くと、あの日の北上川原のそぞろ歩きがまぶたに浮かぶ。これは私の初恋といってもいいのかもしれない。しかし厳密にいうと、私の初恋は中学のときにときめいたお下げの少女かもしれないとも思う。

この少女は私の親戚の前の家に住んでいた。ほんとうに淡い思慕だったが、なぜか彼女のことが忘れられずに、後年、結婚するなら彼女でもいいかなと考えたことがある。

ある年の夏、学生運動に挫折し、傷心の身をふるさとで癒そうと思って私は帰ってきた。そのときふるさとの町で偶然に彼女に再会した。その日はふるさとの町は七夕祭りでざわめいていた。笑って近づいてきた彼女に「今夜、一緒に七夕を見ようよ」と誘った。

彼女は笑って「今夜はだめよ」と首を振った。その夜、幼なじみの友達と酒を飲んで、彼女のことを話題にした。

「だめだ。あいつは今、支店長の息子とつきあっている。もうすぐ結婚するんじゃないかな」と幼なじみは、私のしょげるのを楽しむようにいった。支店長というのはふるさとの町にある地方銀行の支店長のことである。

幼い日、彼女は長いお下げの少女だった。「白い花が咲く頃」という歌謡曲に「黙ってうつむいていたお下げ髪」という一行がある。この歌をうたったり聞いたりすると、今でも彼女のことが思い浮かぶ。

彼女はもちろん私の思慕のことなど知らない。彼女とは不思議な因縁がある。私がふるさとを捨てるその日、別れに登った中学校へ続く坂道で偶然に彼女と出会った。

「今日、東京に行くんだ」

万感の思いを込めて告げた私の言葉に、あっけらかんと「ああそうなの、お元気でね」といって彼女は坂道を駈け下りていった。七夕の日に再会したのは、このときの上京の日から七、八年後のことである。

次に会ったのは新婚の妻を連れて故郷に帰ったとき、町の夏祭りの催物の会場で、私たち夫婦を観客席の座席に案内してくれたのが彼女だった。彼女はその頃、町の役場に勤めていた。「きれいな人ね……」と妻が言ったので、彼女への幼いときの思慕については妻には言いそびれてしまった。

最後に会ったのは私が従姉妹の結婚式に病気の母の代理で出席するために帰郷したときだった。東京への帰途の列車に乗ったときに、彼女もやはり帰京する妹を駅まで見送りにきたのだ。偶然に彼女の妹が私と同じ列車の乗客になり、私と向かい合って座ることになった。妹は東京で結婚しており幼い子供を抱いていた。

「妹を上野駅までよろしくお願いします」と彼女はいった。妹には「この人、私の幼なじみよ」と私を紹介した。彼女の表情の中に、かつて私がほのかな慕情を抱いていたことを察しているような気がしたが、実際のところは判らない。

その日から五十数年という長い歳月、彼女とは会っていない。故郷の友人から彼女の噂を聞くことがある。今も健在で、ふるさとの町に暮らしている。遠い昔、彼女は夫を亡くし、未亡人で余生を送っているという。私と二つ違いだから、彼女はすでに八十歳を過ぎている。彼女の老婆になった面影を思い出すすべもない。彼女はまぎれもなく、私の少年時代のほのかな慕情の相手である。「その慕情は初恋か？」と、問われればそういう気もするが私の中では判然としない。

初恋という言葉の他に「幼恋（おさなごい）」というような言葉があっていい気がする。その思い出は性の匂いのしない慕情の追憶である。幼い恋の追憶は、初恋と同じように幾つになっても哀愁の影を引きずって心の縁をかすめる風景である。

前述した老人の取材の折も、老いさらばえた翁（おきな）や媼（おうな）から、さまざまな初恋話を聞かされた。性の話と違って、何度聞いても爽やかな思いを抱かされる。愛欲とは無縁の少年・少女時代の思慕の追憶は、感傷をともなった童画を見せられているような郷愁を覚える。その思い出の懐かしさのあまり、初恋の相手を捜して会いにいく人もいる。だれだって会ってみたいと考える。しかし、それを実行した人のほとんどは、大きな失望を抱いて戻ってくる。口をそろえて会わなければよかったという。

その失望は当然のことである。歳月は人を変える。彼女は彼は昔の少女でも少年でもない。時間の隙間をくぐり抜けて一皮もふた皮もむけた別人に変貌しているのである。年老いての邂逅なら間違いなく貌(かお)には深いしわが刻まれている。かつて緑の黒髪だった頭髪も白髪に変わっているか、男性ならつるりと禿げあがっているかもしれない。

変貌するのは容姿だけではない。人の心も変わっている。心の変わり方は容姿どころではないかもしれない。会ってみたところで、昔の追憶を呼び戻すすべもない。初恋の相手は何もかも変わっているのである。まるで別人の人と会っているような違和感を覚えるのは当然である。

初恋はやはり夢物語なのである。瞼の中だけに生きている恋物語である。会えば夢は破れ、現実の無常さだけが突きつけられる。会ってしまったその日から、瞼の中の恋の風景は消え失せ、灰色の現実だけが瞼の中に残される。ゆめゆめ初恋捜しの旅に出ようなどとは思わないことだ。

官能小説の才能

私は若いときは官能小説家の末席を汚していた。名実ともに末席であり無名であった。官能小説とはきれいな呼び方で、巷間(こうかん)、エロ小説と呼ばれていた。私自身も自嘲の如く我が身を「エロ作家」と自認していた。

私がエロ作家として大成しなかったのは、本物の作家になれなかったのと同じように、あくまでも才能の不足である。エロ作家としても才能が不足しているくせに、私にとっての「小説」は片手間の仕事だったのである。

私は一時期、雨後の竹の子のように生まれたエロ漫画雑誌にせっせとエロ小説を執筆し、ときに、スポーツ紙の娯楽ページにお呼びがかかって、連載などを引き受けた。書くたびにペンネームを変えるので読者にはなじみが薄い作家ということになり、いつまで経ってもうだつの上がらない新人作家であった。

ペンネームを変えても特別発注元から苦情が出ないのは、名前に読者がついていていない証拠で、そのページは私ではなく誰の小説を掲載してもよかったのである。

川上宗薫氏や宇能鴻一郎氏などの大家や、それに次ぐ著名な官能作家は、名前が売れていて、作家に読者（ファン）がついているのである。したがって作家の名前のおかげで本が売れるわけである。私のような無名の作家はペンネームは何だっていいわけだ。

弁解するなら、私の仕事は「性書から聖書までの何でも屋」の雑文家で、官能小説家として名前が有名になると、他の仕事をする場合に少し具合が悪いということもあった。そのためにペンネームを使い回してエロ小説を書いていたわけである。

宗薫さんはそもそもが純文学作家で、少女小説、エロ小説は余技の金銭稼ぎのために書いていたのだが、その官能小説がブレイクしていつの間にか官能作家の大家の地位を勝ち取ったのである。

宗薫さんとしては、自分が望まないのに官能作家としてその地位が不動になったことに、多少不満があったのだろうが、そのことを表面的に嘆いているふうには見えなかった。私があるエロ週刊誌の依頼で、宗薫さんが売れっ子最盛期の頃、原稿を頼みにいったとき、「すごい売れっ子になりましたね」とおもねるようにお世辞を言った私に「これでやっとオマンマとオマ○コに不自由しなくなったよ」と笑っていた。それは自分の境遇に満足していたというより、あるいは自嘲としての言葉だったかもしれない。宗薫さんは自分でそのことをどう考えていたにしろ、まぎれもない官能小説の才能があったのである。

私はあらゆることに中途半端で、真面目に一つのことに取り組もうとしなかった。私の友人の一人が、大手出版社の文芸誌の次長で、この男が親身になって「本当に小説が書きたいのなら、一年間、雑文書きの仕事を止めて俺の注文通りの小説を書いてみろ。俺が納得したら、懸賞小説にノミネートしてやる。審査員にも根回ししてやるよ」そういって励ましてくれたのに、彼と約束した翌月にスポーツ紙から六ヵ月間の官能小説の連載の注文が来た。私は彼との約束を反故にしてスポーツ紙の連載に飛びついた。

「お前ってだめな奴だな……」文芸誌次長は冷笑し、吐き捨てるようにいった。

私は何年間もエロ雑誌にエロ小説を書き、スポーツ紙も何十回も官能小説を書いたのに、結局、官能小説作家としても認められることなく無名の雑文作家としての生涯を終わることになる。

私は官能小説はだれでも書けるとは思っていない。文才とか文学的才能とひと味違った才能が必要だと思っている。単なる女好き、助平では官能小説の才能が花開くとは考えられない。あるいは並外れた文学的素養は必要なのかな？と思わないではない。なぜなら、宗薫さんは芥川賞候補に五回もノミネートされているし、宇能鴻一郎氏は芥川賞の受賞者である。官能小説の大家が直木賞ではなく芥川賞であることが面白い。もっとも、直木賞候補にノミネートされた官能小説家もいるが、宗薫さんをしのぐほどには著名ではない。官能小説を書いていた作家で直木賞を受賞した人もいるが、その人は官能小説では売れたが本格小説家として認められてからは、あまり売れているようには見えなかった。官能小説のころは稼げたのにとぼやいていると人伝に聞いたことがある。

若いとき親しかった小説家志望の男がいた。この男は印刷会社でコピーライターのような仕事をしていた。アルバイトで雑文を書きたいというので、私は彼をエロ雑誌に紹介したが、雑誌社から紹介者である私に電話がかかってきた。

「Kさんは、文章はそこそこ使えるんですが、エロ話には向いていませんね。せっかくのご紹介ですが、来月からはウチでは使えませんのでご了承ください」

何ヵ所か紹介したのに、どの雑誌社、出版社でも仕事は実らず、彼は絶望した。

「俺はセックスが大好きなんだぜ。好きなことでは人後に落ちないのにどうして小説はダメなのかなあ」と彼は酒を呑んで嘆息した。

結局、エロ作家では物にならずに故郷へ帰ることになった。私は彼が都落ちする前夜に一緒に酒を呑んだ。「田舎へ帰って百姓をしながら小説を書くんだ。これからはエロ小説じゃなく純愛小説だ」と語ったが、満足に雑文もエロ小説も書けないのに、本格小説がモノになるとは思えなかったが、悄然としている彼が可哀相で私は励ました。

「エロ小説家なんかになるより、本格小説家になれよ。きみには才能があるよ」

私は彼の肩を叩いて励ました。

「本当に俺に才能があるか？」

彼は私の激励に嬉しそうに笑った。が、その目には涙がにじんでいた。

彼はそれから十年後、一流小説雑誌の新人賞を受賞して作家としてデビューした。小説家としてデビューし、幾つかの名作を残し、確か吉川英治賞なども受賞した。

あるいは候補であったかもしれない。確かに彼は見違えるような優れた作家に成長していた。彼は自分で女好きと語っていたように、本格的作家としてデビューしてから後、女遍歴も目に余るものがあった。彼は官能小説家には落第だったが、私に昔、嘆息しつつ述懐したように、人後に落ちないスキ者だったのである。やがて彼は女遍歴と薬にはまって自殺した。官能小説は書けなかったが、まるで小説の物語のような最期を遂げた。

優れた官能小説には読者を魅了する「何か」が必要なのである。単に文才があり、女好きというだけでは読者を魅了するようなエロ小説は書けない。

昔、エロ雑誌の編集者からよくいわれたものだ。

「読んでいてむずむず〜っとなるようなヤツを書いてくださいよ。たのんまっせ」

言われるまでもなくこっちもそのつもりで書いているのだが、むず〜っとさせる何かが私には足りないのだ。

私は今になって判ったことは、官能小説には前述のように読者を魅了する「何か」……すなわち「むず〜っ」とさせる技量が必要だということである。その技量は通常の小説を書くのとは別な才能である。すなわち官能作家は「何か」を表現できる特別な才能を持っているということである。

その「何か」は並みの作家には解らない。すなわち《文才＋女好き＋X＝官能小説家》ということである。私にはその「X」が不足していたのである。単に女好き、セックス好きだけでは「むずむず〜っ」とさせるような官能小説は書けないのである。普通の作家と違って「文才とX」が並外れている人が官能小説家としてその才能が花開くのである

第四章

時事問題の血迷い発言

爺（じじい）の時事問題

実際、文化人でも学者でもない市井（しせい）の一老人が時事問題を論ずるのはなぜか空しい気がする。社会に対する影響力皆無の、しかも、やがてあの世に行く老人が社会問題を論じたところで何程の事があるかと考えてしまうのである。

若いときなら、プラカードを掲げてデモ行進したり、ハンストをして時の為政者に訴えてみようという気概を持つことも一つの生き方であるが、よたよた老人ではプラカードの重さに耐えられないし、ハンストなどしようものなら死期を早めるだけのことである。

九十余歳の作家にして尼僧の瀬戸内寂聴さんは、政府の仕打ちに抗議してハンストに参加したことがあるが、彼女は影響力も大きいから、危険を承知の勇ましい活動もそれなりに意味もあるが、私などが危険を犯せば、年寄りの冷や水にして事故でも起きれば犬死にならぬ滑稽な頓死である。

名も無き老人が社会変革を叫んでも、社会に投ずる一石は小さな波紋さえ起こさない。そう考えると、じわ〜っと空しさがこみ上げてくるのである。

私が座長をやらせていただいている会がある。その名は「枯れ葦せいだん会」と呼ぶ。枯れ葦の名称は、パスカルの「人間は考える葦である」をもじったものである。考える葦もやがて枯れるわけで、枯れ葦すなわち老人を表現したつもりである。洒落た命名だと自画自賛しているが、あまり感心されてもいない。蛇足ながら「せいだん」について説明するなら、清談、聖談、政談、性談を総称したつもりである。月に一度、酒を呑みつつ時事問題について語り合おうということで令和二年に発足した。

メンバーは七十代から八十代で、メンバーの中には私より年長の人が二人いる。コロナ騒ぎで中断したり再開したりである。酒席であることがこの会の条件の一つなので、コロナ予防には向いていない。感染すれば立ち所に命の危機にさらされる年寄りばかりである。

今までに論じたテーマは、令和三年一月現在「総理大臣の資質」「日本の軍備と安全保障」「日韓問題」「学術会議の任命拒否」「リニア新幹線と静岡県」「日本の少子化対策」などである。年寄りの冷や水ということわざがあるが、脳の劣化や思考の硬直など、さまざまな要因のためか、極論や珍論も多数ある。やじ馬的に見れば面白いが、常識的に考えて社会に一石を投ずるには程遠い気がする。

しからば、私がここで述べようとする時事問題も冷静かつ論理的に思考した結果ではなく、怒りに任せた血迷い発言ばかりである。血迷った挙句の発言は見るべきところも、参考にすべきところもあるわけではない。まさにこの世の役に立たない捨て台詞である。

我が捨て台詞は天に届くわけでも、お上の役人に届くわけでもない。吐いてしまえば跡形もなく消え失せてしまう空しい言葉の断片である。血迷った年寄りの今際(いまわ)の際(きわ)の恨み節といった類いのものばかりである。それでも書き残しておきたいと思うのは、我が捨て台詞への愛着である。百人に一人の共感者がいれば、吹けば飛ぶような老人の捨て台詞的呟きもそれなりの意味があるのではないかと夢想するわけである。

一粒の麦は、やがて多数の実を結ぶが、痩せ老人の捨て台詞は間違っても花咲くことはない。血迷っていることを自覚しているだけに我が世迷い言がいじらしくもあるのである。

リーダー不在の日本のコロナ対策

今となっては私の愚論も、もはや空しい発言になってしまった。今更何を言っても始まらないほどに事態は深刻になってしまった。

私は令和二年八月に刊行した拙著の中でコロナについて述べている。令和二年の拙著に「コロナウィルスという国難」という題名のエッセイを掲載している。拙著が刊行されたのは八月だが、私がその原稿を執筆したのは五月ごろである。まだ、コロナの正体もはっきりせず、コロナについてまったく知識のない時期に執筆したのである。そのエッセイの中で私は次のように述べている。

「愚かな人間でも判ることは、コロナに勝つためには人の動きを完全に止めてしまうことの有効性である。しかし、それは日本の法律ではできないということだ。ならば法律を作ればいい。そのための立法府ではないか、と衆愚は思う」と、書いている。

続けて「そのために経済活動は停止し収入を失う人が出てくる。そういう人たちには七十パーセントの生活の補償をするのは政府の責任だ。その財源をひねり出すのがリーダーではないか」と述べている。「コロナを封じ込めてしまえば、いくらでも経済の再建は可能である。戦後の焼け跡から復興した日本の力を世界に見せてやる時ではないか」と我ながら偉そうなことを言っている。

今になってしまうと、この血迷い発言も、何もかも遅すぎて空しくなってしまうのだが、一年前に私の言った単純無類な発言の意図は今でも自分では正しいと思っている。

我が日本の時の為政者のコロナ対策の基本は、経済とコロナ蔓延の防止の二本立て、すなわち「両立」を考えての施策であった。しかしその方法は、今となっては紛れもなく失敗してしまった。令和三年一月現在、感染者はとどまることを知らずに上昇している。そして経済も中途半端、感染も野放しで、実際に打つ手なしのように見える。

私は一年前に経済を完全に停止して経済を一度破綻させてもコロナを止めるべきという考え方を述べている。私は政治家でもないし評論家でもない。全く責任のない身軽な立場で勝手なことを述べたわけだ。気軽な無責任発言であることは承知している。

経済を一時的に破綻させてもコロナを止めるべきだという言いぐさは、一介の市井のやじ馬老人の血迷い発言であるが、この考え方は、今もって私としては間違ってはいない気がしている。

政治の場で、やっと法律改正の動きが年明け（令和三年）から始まっている。一年近く前に私が主張していたことの一部が今実現しようとしている。この一つを見ても、政府のやることは三拍子も四拍子も遅れている気がする。

民衆の声からだいぶ遅れて、やっと政治が機能し始めるというのは、政治家は結果の責任を問われることを恐れているためではないか？　と、勘ぐりたくなる。

時のリーダーは、自らのリーダーシップを簡単に放棄しているのではないだろうか。

「経済が壊滅したらどうしよう」「倒産する企業の怨念が自分に向けられるのは御免被りたい」「経済も何とか動かしつつ、ワクチンが開発され、コロナは自然に消滅してくれないか」と、無為無策の受け身の姿勢でコロナの終息を待っているのではないかと邪推したくなる。

ＧＯＴＯトラベルの予算の何分の一でも医療現場へ注ぎ込むことはできなかったのか。経済の破綻の前に医療現場が破綻してしまうことは誰の目にも明らかである。リーダーは事あるごとに「国民の命と暮らしを守る」と口にする。医療が破綻したら国民の命が守れるはずがない。

経済も瀕死の状況、医療現場は風前の灯、コロナの勢いはとどまることを知らない。このような現実が到来することは予測できなかったのか？　少なくとも衆愚の一人である私には現在の結果が目に見えていた。

衆愚が予感していたことを、政府のリーダーたちは考えていなかったのだろうか？政府の打ち出す施策のすべてが中途半端であり、これでは効を奏するはずがない。自分の命も名声も捨てて国難に対処しようというリーダーは日本には一人もいないのか？　私は、一年前の五月に書いている。

「平和のときの政治は容易である。危機に直面したときにこそリーダーの真価が試される。我が身を犠牲にしても国民を守ろうとする政治家こそが真のリーダーである。パフォーマンスは要らない。人気取りは要らない。英断、決断、国民のために死すという覚悟のリーダーこそがウィルスに勝てる人だ。と愚かな民は考えるのである」と書いている。文字通り、私は確かに愚かな民の一人である。だが、血迷い発言にしては真っ当なことを述べていると我ながら感心している。

真のリーダーはやはり国民のために死ねるかどうかである。死を覚悟して政治を行うということは、自分の政策に命をかけるということである。結果、政策に誤りがあって、民衆に非難され背を向けられようがそのことを恐れない。なぜなら結果責任は自分の命と引換えだからである。しかし命と引換えといったところで、リーダーが愚かでは困る。愚かな政治家が何人腹を切っても民は救われない。明晰なリーダーが、英知の限りをつくして政策を遂行し、その結果失敗したら我が命を捨てるということである。

そんなリーダーは存在するか？　リーダー不在の国の民衆は不幸である。

韓国さんもう許してよ

小説家の井上靖の随筆だったか短編小説に「許さざる心」というような作品がある。「ような」というのは、手元に資料がないので、全くの記憶で書いているからである。果たして「許さざる心」という題名であったかどうかも心もとない。

内容は覚えている。主人公の恋人は厳格な心の持ち主で主人公の小さな裏切りを絶対に許さないのである。反省しようが詫びようが頑として許さないのである。そして恋人は主人公から去っていくという話である。何が何でも許さないその精神は苛烈にして容赦がない。どんなに相手が悔い改めようが、深謝しようが許さないのである。そんな小品だった。

韓国の日本に対する態度を見るにつけ、私は井上靖の「許さざる心」の随筆を思い出すのである。韓国が日本の植民地だった時代に日本は統治者として数々の暴虐を韓国国民に行ってきた。それをいまだに韓国は許さないのである。もっとも、許さないのは一部の市民や政府関係者である。

事あるごとに日本に謝罪を要求する。日本は許さざる韓国国民に事あるごとに謝罪してきた。私の実際の心境として「えっ、まだ謝るの？」という感じである。

政治的決着として、一九六五年の「日韓請求権条約」で莫大な経済支援を柱として、両国は日韓問題は不可逆的に解決するということで合意した。このときの日本の韓国への経済支援は韓国の国家予算に匹敵するほどの莫大なものであった。

不可逆的というのだから「蒸し返さない」ということが条件なのに、韓国は以後も何度も蒸し返した。そのたびに日本は謝り続けた。時の総理大臣も改めて謝罪した。

韓国の許さざる問題点でいまだに尾を引いているのは「慰安婦」と「徴用工」の二つである。「慰安婦」は戦時中、兵士の慰安に駆り出された女性たちへ与えた苦痛に対する慰謝料請求であり、同じく「徴用工」は日本の企業に強制的に労働に従事させられたことへの慰謝料である。

慰安婦問題に至っては、二〇一五年に日本政府は慰安婦支援のために、十億円を拠出し、安倍総理が改まってお詫びを述べた。両政府は改めてこの問題に「最終的不可逆」解決であることを確認した。日本が出した十億円を基金にして慰安婦救済の財団を設立したのだが、解決を望まない人たちによって、財団の活動が妨害されて活動は宙に浮いたままに放置された。そのような背景があることを承知の上で「慰安婦の少女像」が韓国の日本大使館前に設置されたり、公園の中に、少女像に土下座する安倍首相の像が設置されたりしている。

韓国の許さざる心はとどまるところを知らない。ついには徴用工、慰安婦の慰謝料訴訟は韓国の裁判所で原告の言い分が百パーセント認められる判決が次々に確定している。もしこれがこのまま通用してしまうと、国と国との合意や約束は韓国と行うことは意味がないということになる。

政権が代わることによって国と国との約束が白紙に戻されるということになると、何事においても国家間の約束は成り立たないということになってしまう。

日本で教鞭を取る韓国人の大学教授が「韓国は国家間の約束より個人の権利が優先される」と発言したのにびっくりした。その教授は経済学者で法律の学者ではないので、まだ救われるが、もし韓国ではそのようなことが多くの市民によって信じられているなら、日韓の関係修復にはまだまだ長い時間がかかりそうな気がする。

謝り続けていた日本が堪忍袋の緒が切れたというふうに、徴用工問題では判決による現金化に対してついに日本政府が怒った。もし現金化が実現したら、国交断絶も辞さずという日本政府の怒りに韓国側もたじろぎ、日本に対して少し見方を変えたようにも見える。

許さざる心の持ち主韓国というお国柄に私は戸惑う。私はまだ見たことはないが、日本では韓流ドラマは人気である。韓国の歌謡曲などを聞いてみると、韓国人は日本人と感性が近い気がする。同質の文化を共有している部分が多いので当然のことだと思う。

私は東北の高校から、高校二年の初めに東京の下町の高校に転校した。その高校には韓国人の生徒が何人か通っていた。彼らは特別扱いされることもなく屈託なく高校生活を楽しんでいた。

高校の演劇サークルに「ども又くらぶ」という名称の小さなグループがあった。その小グループは、戯曲「ども又の死」を上演した縁で、そのキャストやスタッフによって結成されたグループである。

私より一、二年年長の上級生のグループだが、私はそのクラブのメンバーの一人と遠戚関係にあったので、いつかオブザーバーのような形で仲間の一人になった。その「ども又くらぶ」にマドンナがいた。美人のFさんだった。Fさんは韓国出身というより、北朝鮮系の出身ではなかったかと思う。Fさんは、日本で生まれ日本で育った在日朝鮮人で、美しい東京弁を話した。ある日、どんな経緯であったか記憶にないが、彼女の家を訪ねて食事をご馳走になった。お父さんもお母さんも日本語はあまり得意ではなかった。ときどき、Fさんは私と両親の間に入って通訳をしてくれた。今考えるとFさんはハングルと日本語のバイリンガルだったのかもしれない。

両親が朝鮮人であることも、自分も在日であることも、Fさんは引け目に感じているふうはなかった。私もまたそのことに特別な違和感を感じたこともなかった。Fさんは私より一歳年長だったので、私は美人でやさしいお姉さんという感じで接していた。私には、異国人とか日本人とかいう壁は最初からなかった。中でもどういうわけか、私は朝鮮人とウマが合う体質だったのかもしれない。

後年、取材先で知り合った他誌のカメラマンと意気投合し、呑み友達として親しくつき合った男性がいる。彼も日本名を名乗っていたし、日本人とばかり思っていたが、彼は在日の韓国人であることを後日知った。池袋で呑んで終電がなくなり、東上線沿線に住んでいた彼のアパートに泊めてもらった。部屋の中が、多少にんにく臭い感じがしたことを除いて、付き合い上、特別に違和感を感じたことはなかった。

他にも韓国人の知人は何人かいる。彼らの感性はあえていうなら、多少激情的なところがあるのかなという程度の感想はある。マドンナのFさんも、共通の友人の葬儀で、意外なほど号泣した。二度ほどだが、友の死に際してFさんの号泣場面に私は接して少し驚いた。そのとき、私は朝鮮の人は気性が激しいのかなと感じた。

呑み友達の韓国人カメラマンも、私と呑んでいるときに酔っぱらいにからまれ、私が狼狽（うろた）えるほど激高したことがある。そのとき、いつもは温厚な彼の知られざる一面に接したという気がした。

しかし私はFさんの号泣も、カメラマンの激高も、それ自体、私は不快にも不審にも思わなかった。素直な感情表現にむしろ好感さえ感じた。

日本人と同質の感受性を持っていて、反応の仕方はむしろナイーブで激しい。こういう人と恋に落ちたら、情熱に圧倒され、裏切りの得意な私など、許さざる心で立ち所に断罪されたかもしれない。

韓国ドラマが日本人の女性に愛されているのは、恋にのめり込む情熱の激しさと純粋さが大きな共感を呼んでいるためであろう。

その心の土壌は小さな裏切りも決して許さないという「許さざるの心」に通ずる

ものがあるのかもしれない。しかしながら私は、韓国さんよ「早く日本の間違いを許してよ」といいたい。

これだけお詫びしても許してくれないのでは、謝罪の心も、いつしか憎しみに変わることだってあるかもしれないではないか。そうなってしまえば、残された道は国交断絶しかない。私は好きな朝鮮人のために韓国との国交断絶などしたくないのである。

政治は学問と法律の場を聖域とせよ

多くの人は口を揃えて三権分立という。政治家諸氏も三権分立という基本的な道理をわきまえている。

韓国も、日韓請求権協定があるのにもかかわらず、徴用工訴訟、慰安婦慰謝料判決で日本に賠償責任があるという判決が出た。日本の抗議に対して、韓国政治の統治者は「司法権に口を出すわけにはいかないので」と弁解した。三権分立の原則からいえば、まことにもってもっともらしい弁解である。国家間の約束と国内裁判の判決とどちらが上位かということについては、ここではこれ以上言及しないことにする。

いずれにしろ民主国家においては、三権分立は国家統治の重要な要である。政治は立法と行政に大きな権力を持つが、司法にはその政治権力を行使してはならないというのが民主国家のルールである。

ところが政治権力が増大すると司法の領域に手を伸ばしたくなるものらしい。その理由は、国家権力者が違法行為をしても、司法権力を掌中に握っていれば、警察も検察も手出しができなくなるからである。日本でその危険な萌芽が見られたのは、検察官人事に政府中枢が口を出したときである。しかしこの法案は、賢明な国民の猛反対で取り下げられた。検察官といえど人間である。出世もしたいし重要なポストも手に入れたい。自分の人生の進路が政府中枢の手に握られてしまえば、正義のために振う破邪顕正（はじゃけんしょう）の剣（つるぎ）の切れ味もいささか鈍るというものである。

もっとも、三権分立を声高に唱える韓国でも裁判官人事には自分の息のかかった人を送り込んだりしている。アメリカのトランプ大統領（一月二十日以後は「前」がつく）も裁判官には自分の好ましい人を任命している。やはり司法の行使は政治的権力者にとっては深い関心があるのだ。

権力者には政治的野望がある。野望実現のためには道を阻む者を退けたり抹殺したりする必要がある。その手段の中には違法をあえて犯さなければならない場合がある。そのためには警察、検察、裁判官などの法の番人を手中におさめておくことは得策である。

政治家の野望は数多あるが、わが国においては、その一つに軍備増強や戦争への足掛かりがある。

兵器開発や国民の人心誘導には学者の協力も不可欠である。ハードやソフトの両面で学問を極めている学者の協力は権力者にとって何にも増して必要なのである。

検察官同様、学者もまた人間である。人事や研究費などの財政面が政権中枢に握られているということになると、学者の良心もつい揺らぎがちになる。

学問は純粋でなければならない。学問に一片たりとも政治的野望が投影されてはならない。学問の究極の目的は、人類の幸福の追求のために存在するのであって、政治的、国家的野望に貢献するためにあるのではない。

平成二年「日本学術会議」のメンバー六人の任命を政権中枢が拒否した。拒否の理由について政権側は説明をしない。拒否された六人の行動経歴を見る限り、これらの学者が戦争に対して反対の立場に立っている人たちである。政治的野望を実現するためにはこの六人は目障りである。国民の目にはそれゆえに拒否したように見える。軍備、憲法改正、防衛などの政府方針に反対の立場を表明している学者諸氏が任命を拒否されている。

政府が学術会議の活動資金を出しているのに、政府の思惑を否定する学者をメンバーからはずして何が悪いかというのが政府の立場のようである。政府の任命拒否に賛成の立場にある人たちの考えもおおむねその辺にあるようだ。しかし私にいわせれば、政府が資金を出しているのではなく、国民の血税によって賄われているのである。

学者も研究者であると共に一人の社会的人間でもある。生きる上での信条もあれば、思想的立場もある。そのような学者の個人的事情が国家の方針に反しているからといって、政権が学者の学問的立場まで否定してはならない。

鉄則として政権のプロパガンダに学者を利用してはならない。また兵器の研究を学者に強要してはならない。

安全保障上、兵器の開発も無視できない国家的一大事である。それも理解できるが、学者の中にも兵器開発に意義を見出している研究者がいるはずだ。そのような学者にその一翼を担ってもらえばいい。政権の野望のために、純粋に学問に取り組んでいる学者を動員したり、その知識を提供するように求めるのは間違いだ。

学術会議のメンバーや司法の人事に政府が介入しようとする姿勢は危険な萌芽の気がしてならない。政府の意向を司法や学問の分野にまで及ぼそうとする姿勢は、政権の野望が見え透いた危険な兆候のようで不安を覚える。司法と学問の領域は聖域と考えて、政権が踏み込まないことが真の民主国家である。

司法の暴走、学者の暴走も百パーセントないとは断言できない。これをコントロールするのは政治である。しかし私は日本人は他国の人より卓抜した良識を持っていると信じている。自浄作用も世界唯一と考えている。全ての司法関係者、学者が間違った行動に走るとは考え難い。仮に司法界や学界にそのような兆候が感じられたら、賢明なる日本国民が必ず立ち上がると信じたい。

司法と学問に政治が汚れた足を踏み入れてはならない。

産めよ増やせよ——日本の少子化対策

私の子供時代、政府の国策標語は「産めよ増やせよお国のために」というものであった。その呼びかけに応じたのかどうか、昔は三人家族は普通のことで、五人、六人、七人の子持ちというのは決して珍しくなかった。

どんどん生まれて困るので、「とめ」「すえ」などとおまじないのような名前を付けられる人までいた。

「貧乏人の子沢山」ということわざがあるが、確かにそれほど裕福というわけでもないのに、子供を育てられないという人も昔は少なかった気がする。大家族で楽しい団らんを過ごしていた。私は父が早世したので、一人っ子で育ち、そういう大家族を羨ましいと思いながら眺めていた。

江戸時代の文献などを読むと、子供が育てられない悲惨な農家などの話に接する。堕胎するために、冷たい川に半身を沈めるとか、産婆に堕胎してもらう話などもある。医学の発達した今考えると、背筋が寒いような話である。私の子供時代は知る限りそのような悲惨な話は聞かなかった。貰い児の話や、子沢山の家庭から子供の何人かが養子に出されるという話はあったが、子供の目には家庭の経済事情というふうには映らなかった。

昭和の初期の産めよ増やせよの時代から一転して、今は子供を産む人は少なくなってしまった。その理由はさまざまに伝えられている。

結婚観、社会観、人生観が大きく変わってしまったのである。子供を少なく産んで立派に育てようという考え方をする人が多くなったのだ。

その他に子供を育てる経済的ゆとり、精神的ゆとりが少なくなったためだという人もいる。家族、夫婦ということを考える以前に自分個人の自我を重視したいという若者が増えたということも背景としてあるかもしれない。

確かに子育てに際して、いろいろな悲観的要因が大きい。国策、政治といったところで、人間の内部にまで立ち入って変革するのは難しい。個人が尊重される時代である。お国のためにと我が身を捧げて戦火に身を投ずるといった精神は現代の若者に見出すべくもない。「産めよ増やせよ」などと言おうものなら「個人の勝手でしょう」と反論されるのは目に見えている。

ただ、子供を産み育てるというのは動物の本能である。人間は知性があるために動物のように本能的、かつ自然の摂理による種の保存というふうに単純にはいかない。しかし、人間といえど、自分の分身をこの世に残したいという願いは内に秘めている思いだ。それだけが唯一頼みの綱である。

不妊治療に苦心している夫婦の話など折々に聞く。子供を授かりたいと考えている夫婦はいるわけで、有難いことだと考えている。政府も不妊治療の費用援助を打ち出している。これも、少子化対策の一助にはなると思う。

子供を産んで育てようとする人間の本能を刺激、助長するような政策は大切だと思う。例えば、第二子からの育児費用、病気治療費、教育費用は高校まで全額を国庫負担ということなどである。第二子からの経済的負担が減少するということになれば、子供は三人ぐらい欲しいと考える夫婦もいるかもしれない。

不妊治療費の援助に加えて、第二子からは養育費、教育費、病気治療にお金がかからないということになれば、相当数の人が複数の子供を育てようとするのではないか。

確かに国家予算は膨大になるが、その子たちが成長した暁には国家予算の中心的担い手になるのである。政治は目先の政策や現象だけに目を凝らすものではない。国家百年の計を案ずるのも政治家の大きな役割である。

子育てには、経済的援助に加えて、子育てに適した社会環境を整備することも大切である。安心して子供を育てられるような環境を作ってやれば安心して子供を産むこともできる。小鳥だって子づくりには豊富な餌と快適な巣が必要である。環境整備と潤沢な経済援助によって少子化はある程度は解決ができるのではないか。

リニア新幹線の攻防

私は今静岡県に住んでいる。老人ホームの入居のため、成り行きで静岡県に住むことになった。住めば都ではないが、暮らしているうちに、何となく土地への愛着も生まれてくる。静岡の事件は他人事には思えなくなってくる。

リニア新幹線の問題もその一つである。この問題は静岡に移住しなくても私の関心を引いたと思うが、県民になった今、問題意識はひとしおである。

リニアモーターカーによる新幹線は、東京から大阪まで一時間余で結ぶ夢の超特急というのがＪＲのうたい文句である。

大阪まで一時間といえば、飛行機より速い感じである。私は飛行機事故の取材をしてからというもの、飛行機に乗るのが嫌いになり、何十回となく大阪に出かけたが飛行機は二、三度しか使ったことがない。特に大阪と香港は、飛行機の中から見ていると、林立するビルの谷間に降下していくようで、あまり気持ちがよくなかった。

飛行機大嫌いな私は、国内では、南は九州、沖縄、北は北海道以外は飛行機は使わないと決心した。仕事を半ばリタイアした今、飛行機を使うこともなくなった。外国旅行もとても体力的に無理になってきた。飛行機を使わなくてもすむ境涯を喜んでいる。

東京―大阪が一時間ということになれば、現役のビジネスマンなら、きっと便利になったと喜ぶに違いない。しかし、私の正直な気持ちとしては、大阪まで、東京から三時間で行けるものを、何も二時間縮んだからといって、どうということもないという気持ちもある。

文明の進化にスピードが大きな役割を果たしたということは理解できる。つい百二、三十年前までは、何日も泊まりを重ねて旅をしなければならなかった。今、中央線で一時間足らずで行ける八王子や高尾まで、江戸から二日も三日もかかった。新幹線で三時間足らずの大阪まで、二十日間はたっぷりかかる旅だった。

《旅に病んで夢は枯野をかけ廻る》という芭蕉の俳句には当時の旅の苛烈さと哀感がにじみ出ている。何日もかけてたどる道中で病気になるのは心細く不安だったに違いない。二、三時間で日本の隅々まで行ける今、旅の途中で病に呻吟する往時の旅人の不安を思い返すすべもない。

移動のスピード化は人間の暮らしに大きな変革をもたらした。私たちは便利この上ない日常を与えられた。私はかつて仕事で福岡、北海道を日帰りで往復したことが何度もある。昨日は福岡にいて、今日は北海道かと思うと、何となく奇妙な感覚を覚えたことがある。さっきまで北海道にいたのに、今、歌舞伎町で飲んだくれている我が身が何となくうそ寒い感じがしたのである。三時間前までいた北海道が夢の中の体験のように思えて自分の存在が頼りなく感じられた。そんな感慨はともかく、日本の隅から隅まで短い時間で移動できるというのは確かに経済の進化、引いては便利な暮らしにとっては有難い話に違いない。

私は幼少のころ岩手県の内陸に住んでいた。岩手といえば太平洋に面している三陸は漁業の宝庫でもあった。しかし内陸に住む私は、子供のころ、新鮮な魚に接したことはなかった。冷蔵技術も未熟であったのに加え、海辺から私の町まで魚が届くのは一日がかりであった。せっかくの穫り立ての魚も、山の町の魚屋さんの店頭に並ぶときには格段に鮮度が落ちていたのである。今になってみると、嘘のような本当の話になってしまった。今は、運搬の手段の進化に加えて、冷蔵などの保存技術も進歩し、どんな山奥にいても新鮮な魚介類を味わうことができる。

科学の進歩は人間が快適な暮らしを営むために大きな恩恵をもたらした。しかし人間が便利さを手に入れるために、自然の美しさが汚され、清らかな自然が破壊されてきた。便利や進化や発展の恩恵の裏に、人間を初めとして動植物の営みを大きく抱き込んでいた優しい自然環境が失われてしまったのである。

山林伐採のために頻発する水難事故や山崩れなどの災害、エネルギー確保の代償としての地球温暖化など、文明の発展は地球の滅亡を加速させている。進化した文明を享受することで幸せを得ている人類にとって自然破壊は、防ぎようのない必要悪かもしれない。

高度化する文明に反比例するように傷つく地球。人はそれでもより早く、より便利にという社会の進化や豊かさをあくことなく求め続けてきた。

リニアモーターカー新幹線工事もまたその一つである。これは文明対自然破壊という図式を象徴するような事件である。

工事を進めるためには、静岡県にまたがる中央アルプスの大山脈にトンネルを貫通させなければならない。地球に穴を開ける大工事が必要である。この工事によって地下水脈が遮断され、大井川に注がれていた水量が減少することを静岡県は危惧している。ＪＲ側は「工事で出る湧水は全量大井川に戻す」といっているが、静岡県側は「戻す水量に対してのＪＲ側の見解に不明な点がある」といって工事の着工に許可を与えていない。

一般的世論はおよそ賛否相半ばしている。工事着工に賛成の世論は「静岡県はある程度のところで妥協すべきだ。静岡県の要求はゴリ押しだ」というような意見である。

実際のところ、自然の営みを科学で推測裁断することなど不可能である。現在の驚異的に発達した科学でも確実な予測などできるものではない。

地球を傷つければ、地球はどんな悲鳴をあげるか、それはまさに「神のみぞ知る」ということである。どんな優れた科学者だって断言することなどできない。まさに神のみぞ知る事柄を人知で解明することなどできるはずがない。ＪＲ対静岡県は、それを論争しているわけで、まさにこの論争は、神をも恐れぬ不逞の論争ということである。

おそらく、聡明なＪＲも川勝知事もそのことを百も承知で論争しているはずである。経済効果を期待する沿線のやじ馬知事などは無責任発言をしている。

「川勝よいい加減に妥協せよ」

「無理なことを要求するな！」

「学者のいうことを信じろ」

彼らの非難はまるっきりエゴ丸出し発言で問題の核心に触れていない。事は単なる水量の問題ではない。単なるリニア新幹線の工事の議論ではない。極論すれば、文明の推進か自然尊重かという話である。

どちらも人間にとって切実な問題である。

私は間もなくこの世を去る身であるから文明の恩恵はあまり期待しない。子孫のために美しい山並みと清らかな川を残してやりたい。それゆえに「川勝知事よ頑張れ！」と声援を送りたい。知事よあなたの名前は縁起がいい。川勝というのだから、川の論争にはきっと勝つと期待している。

年寄りの運転は気狂いに刃物

気狂いに刃物を持たせれば危ないに決まっている。正気を失っている人に刃物を持たせれば危険きわまりない。

年寄りを気狂い扱いにするのは大変失礼な話であるが、私自身年寄りであることに免じて失礼の段は許していただこう。

私など自分では、まだまだ正気だと思っているのだが、他人から見れば耄碌(もうろく)しているように見えるに違いない。八十五歳の老人が耄碌していないはずがない。

年老いるということは、心身が劣化することである。体の劣化は自覚しやすい。歯がだめになる。目が見えなくなる。腰が曲がる。力が弱くなる。足がもつれる。ふらふらする。

ところが頭の劣化は自覚しにくい。自覚するのは、せいぜい物忘れがひどくなったという程度である。私は物を書く商売だから、感性の鋭敏さが無くなったことや根気が続かなくなったことなどを自覚する。しかし、私のような商売に無縁な年寄りはそのことにさえ気がつかないのではないかと思う。

運動神経なんかお話にならないほど劣化しているはずなのにそのことをあまり気にしている老ドライバーは少ない。むしろ「私は運転歴六十年です……」などと、経験が豊富なことを自慢にしている老人もいる。

運動神経の衰えは自覚できないかもしれないが、年を取れば確実に衰えているはずである。自信満々の老ドライバーには悪いが、七十歳以上になったドライバーは十年前の自分の運転技術と比べて格段に衰えているはずだ。本人はそれを自覚していないだけのことである。交通ルールさえ守って慎重に運転さえしていれば、七十歳くらいまでは運動神経にさほど左右されないかもしれない。しかし八十歳過ぎたら、どんなに慎重に運転しても安全運転はおぼつかないと考えるべきである。

昔はノークラッチの車はなかったから、アクセルとブレーキを踏み間違うということは少なかったが、今はノークラッチの自動車が大半を占めている。クラッチ無用の車は便利だが、ほんの一瞬の運動神経の乱れで踏み間違う事故を起こしかねない。

九十歳過ぎた年寄りが、池袋で若い母子を時速九十キロで跳ね飛ばしその一命を奪った。この世に若い夫が一人が残された。幸せな一家を一瞬にして不幸のどん底につき落とした罪は計り知れないほど重い。それなのに、その老人は自分の運転は正しかったと無罪を主張している。私にいわせれば、第一、九十歳になって運転することでさえ犯罪である。増して九十キロのスピードで暴走するなんて考えられない。恐らく、ブレーキとアクセルを踏み間違えたのは容易に想像がつく。それで、無罪を主張する神経が理解しにくい。

この人、日本の科学技術を統治する役所の長官だったらしいが、主張が非科学的、非常識、非人間的であるのに驚かされる。

被害者の夫は「被告がどんな神経で交通事故を起こしたのかその心情を知りたい」と述べていたが哀れな心根である。

おそらく、被告は自らの心身の劣化を自覚しないまま運転していたのであろう。とてもまともに聞けた弁解ではないが、被告は自分の運転は正しかったと心から信じているに違いない。しかし、現場検証に現れた被告の、よぼよぼした姿、よろよろと杖にすがったおぼつかない足取りが、何にもまして事故の真実を物語っている気がする。あの姿で正しい運転ができるとは、恐らく裁判官も信じないであろう。「気狂いに刃物」ではないが、老人の運転はまさにそのことわざに類する行為である。

気狂いは法的には刑事罰は免れるが、いかに気狂いに刃物を持った年寄りといえど、無謀な交通違反で人間を殺した罪は免れられるものではない。

年寄りの劣化につけ込む詐欺師たち

「おれおれ詐欺」は何年経っても跡を絶たない。この犯罪は年寄りの心の劣化につけ込んだ非人間的犯罪である。私はあやしい電話には関わらないようにしているので、被害に遭ったことはないが、実際に当事者になったら絶対に騙されないという確信は持てない。

年寄りというのは、幾つになっても子供のことを心配している。自分の始末さえままならないのに、息子や娘のこと、あるいは孫のことをいつも心にかけているのである。

子を思う親の心根についての笑い話がある。九十歳の母親が六十歳の娘に丸木橋を渡るときに注意した。「危ないから気をつけて渡るんだよ」と九十歳の母が六十歳の娘を案じたのである。この話を聞いたとき、私は親の有難さに胸を打たれた。自分の身がままにならないのに、親はいつも子供のことを案じているのである。

「子供たちは無事に暮らしているのだろうか」

「よもや仕事で失敗したりして苦しんではいないだろうか」

「健康で過ごしているかな？」

自分のことさえ思うようにならない老いの身にもかかわらず、子や孫のことをいつも気にかけて暮らしている。

「この頃、電話も来ないが無事だろうか」と案じている。

そんなときに「おれだよ。お母さん元気？」と電話がかかってくる。

親はほっとして受話器を握りしめる。

「どうしたの珍しいじゃない？」

老いた母は子供の声に胸を弾ませる。

「大変ことをしでかしたよ。会社の金を使い込んでしまったんだ」

「まあっ！……」

母は絶句する。

「このままではクビかもしれない。悪くすると、会社から告訴されるかもしれない」

しょんぼりと泣き言をいう息子に母はせきこむように訊く。

「一体、どのくらい使い込んだの？」

「三百万円くらいだ……」

母は一瞬。意外に少ない金額にほっとする。その母の胸中を見透かしたように息子はたたみかける。

「毎月、十万円ずつ返済するから、貸してくれないかな。ここでクビになったら、来年高校に入るタケシの進学もあきらめなければならない……」

息子は母の溺愛する孫の名を出して同情を引く。

「いいわ三百万円用意するわ」と母は呟く。

息子の使いだという男にあっさりと三百万円を渡して詐欺が成立する。その後に息子に電話して詐欺だったことに気がついて茫然とする。

今は、金融機関の警戒も厳しくなって大金の引き出しは簡単にできないようになったが、初めのころは何百万円という大金がいとも簡単に詐欺師の手に渡ってしまった。

どの犯罪も許せないが、特に年寄りの愚かさ、優しさにつけ込んだ犯罪はまことにもって許しがたい。年寄りを対象にした犯罪は「おれおれ詐欺」だけではない。手を変え品を変えて年寄りの弱みにつけ込んでくる。

思考能力が劣化し、気弱くなった年寄りの優しさにつけ込んで老後の命をつなぐ財産をむしり取る犯罪は人間の屑が行う犯罪である。

どんな事情があろうと、老人は自分で大金を動かさないことである。馬券を買ったり、買い食いしたり、酒場に出入りする程度の金額はたとえ高額でもたかが知れている。

老人になると、五十万円、百万円という金額を出費しなければならないようなことは、ほとんど皆無である。

私の持論だが、老人になったら株の取引は止めたほうがいい。自分ではベテランのつもりでも判断力、考察力に微妙な狂いが生じてくる。私は七十代の後半から、株の取引からは撤退した。

老人が詐欺に遭う理由の中に「金銭への欲望」がからんで大金を騙し取られるケースがある。美味しい話に目がくらんで金銭を失うのである。

老後資金を多少でも増やそうとか、手元資金を利用してひと稼ぎしようと考えて、いかがわしい口車に乗ってしまうということがある。

妻によく株屋から電話がかかる。ところが、妻は金銭を増やすことにすっかり意欲を無くしている。

「そんな気がありません」

「せっかくのお話ですが、そんな面倒臭いことは嫌です」

「儲けたくなんかありません」

そばで聞いていると奇妙な妻の答えに思わず噴き出してしまう。

富に対して見事に執着心を失った妻に感心する。妻だって金銭の有難さを知らないはずがない。無名の貧乏作家との暮らしで、人並み以上に金銭には苦労したはずである。それなのに今は金銭に対して水の如く無欲である。娘にいわせると「お母さんは昔お金に苦労しすぎてその反動でお金のことを考えるのが嫌になったのではないかしら」ということだ。それも当たっているかもしれない。それにしても、蓄えが底をついたらどうするつもりなのか聞いてみたことがある。答えは「絶対にその前に死にます」というものだった。この無欲な妻は詐欺に遭うことはないであろうと私は楽観している。

第五章

あまり他人(ひとさま)に語らなかった話

墓場にまで持っていく話の屑籠（くずかご）

人間はだれでも生きている間に人様に語れないような秘密を幾つか持っているものだ。絶対語れない話もあれば、語ってもいいが、語れば誤解を受けるから話さないことが得策だという話もある。そんな秘密を抱えたまま人間はあの世に旅立つわけである。

ヤメ検（検事出身）作家の某氏は検事になる前に犯罪行為に当たることを犯したことを後年述懐している。日本政府の官房長官体験者の某氏は、機密費について「その使い道について、口が裂けても言えませんな。これは墓場まで持っていくしかありませんな」と語っているのを聞いたことがある。芸能リポーターのN氏はある女流大歌手の個人的秘密について「重大な事実を握っているんだが、特種というにはあまりに大きなことなので、これは墓場まで持っていくしかありませんな」と語っていた。ここに例として出した三人はもうこの世にいない。ヤメ検作家は秘密の事実をエッセイで告白しているが、後の二人は本当に重大な秘密を他人に明かすことなく墓場に入ってしまった。

医師や弁護士は守秘義務があるので、職業上知りえた秘密を他人に明かしてはならないので、たくさんの秘密を抱えているわけだが、これは半ば義務であって、墓場に持っていかなければならないような深刻な秘密というわけではない。医師の場合は患者が死亡してしまった場合は守秘義務は失効するはずである。

私も雑誌記者、ルポライターという前身なので職業上知りえた秘密をたくさん握っている。その秘密を暴いたものもあるが、編集長と話し合って掲載をあきらめたものも幾つかある。また、公開直前に上層部の圧力で握りつぶされた真実も幾つかある。そのようなネタは、あれから何十年経っても、いまだに他人にいうわけにはいかない。妻にも娘にも話したことはない。やはり、これは墓場まで持っていくしかないだろう。

そのような公的秘密だけではなく、大方の人にはやはり他人に言ってはならない秘密を持っているはずだ。

私の駄句に《墓場まで秘めたる恋や萩の寺》という一句がある。これは私のことを詠った句ではないが、何となく句の意（こころ）は想像していただけるのではないか。読者諸兄姉の中には、そんな恋を体験している人もいるはずだ。すなわち死ぬまで絶対口外してはならない恋の体験である。このような恋はあるいは成就した恋ばかりとは限らない。胸に秘めた片恋でもいいわけだ。大それた恋などはたとえ片思いにしろ、人様に打ち明けるわけにはいかないではないか。人妻との恋、恩師の奥様への思慕、実の妹への恋情、思いがけない人との思いがけない一夜の恋……。こんな恋は軽々に他人に告白してはならない。生涯、人に打ち明けずに自分の胸にしまっておく他あるまい。

このような口が裂けても言えない真実というものは何も恋に限らない。他人からみたら取るに足らない小さなことでも、人は胸の内に抱えているものだ。語ることによって、何か深刻な事態が起こるわけでもないが、言うことによって自分の人格が疑われるとか、あらぬ誤解を受けるといったことでやはり胸に秘めたまま死んでいくということになるわけである。

私のような言わなくてもいいことまでぶちまけてメシのタネにしようという雑文

作家でも、言わないほうが得策という話はたくさんある。そのような話は、たとえ捨て台詞であっても、うっかり口に出してはいけないわけだ。それらの秘密は永遠に私の胸のうちにしまっておくことになる。

本章のタイトルは「あまり他人に語らなかった話」と、もっともらしいが、絶対語ってはならないことはやっぱりいえないわけで、本書で披瀝してみようと私が考えたということは、語ってもそれほどのインパクトを与えるような話ではないことになる。それでも、通常なら口をつぐんでいるような話をするわけだから、人様によっては多少興味をくすぐるような話かもしれない。

売れっ子女性歌手が私の肩に頬寄せ大泣きした話

私は一時期女性週刊誌の記者をしたことがある。所属したのは芸能班ではなく、一般のニュースや話題を扱う記事班であった。所属する班の性質からいって、芸能人との接触は少なかった。しかし、それでもたくさんの芸能人に会って取材をした。袖すりあった芸能人の話は十年ほどまえに刊行した「B級売文業の渡世術」という拙著でおよそのことは書いた。大は森繁久弥から小は無名の旅役者のどさ回り女優まで百人近い芸能人のインタビューをした。

特別に秘密にしなければならないほどの話ではなく面白い話がたくさんある。ほとんどの話は、何らかの形で雑誌や単行本に書いている。あまりに小さな話で書くに当たらないようなこぼれ話はたくさんある。

例えば記事にした話でも、どのようして記事にしたかというきっかけについては書いていない話がたくさんある。記事になった話が面白いので、その誕生秘話といったものはそれほど面白いわけではない。

大歌手の布施明がまだそれほど売れていないころの話がある。私がたまに飲みにいく赤坂の酒場があった。マダムは花柳流の名取りで、そこそこの有名人だった。最初のころは、マダムは私が週刊誌の記者であることを知らなかった。何となく胡散臭い商売とは感じていたふしはあるが、警戒するほどのこともないだろうと考えていたのであろう。特別に歓迎されてはいなかったが、邪険に扱われるほどでもなかった。私は名字だけは名乗っていたのであろう。ママは私を「カアさん」と呼んでいた。菅野のかの字を取ってカアさんと呼んでいたのであろう。

私はいつもカウンターに座った。ある日何気なく横を見ると、少し離れたところに、売り出し始めた布施明が座っていた。布施はママにいろいろと話しかけている。聞くともなしに話を聞いていると、どうやらマダムを口説いているようなのだ。布施に口説かれているマダムの受け答えは、当たり障りがなかったが、それでも私にはまんざらでもなさそうな口ぶりに聞こえた。

私は「布施とマダムの話」を何とか記事にできないか頭をひねったが、マダムと布施の行動を張り込んで、何とか記事にしようというほど布施は当時大物ではなかった。そのうち何かきっかけがあったら、小さなゴシップ記事にはできるかもしれないと私は軽く考えていた。

何日かして再びその店に飲みにいくと、その日も偶然に布施もやってきた。そして布施がマダムに匂い袋をプレゼントしたところを目撃したのである。そのとき「これはイケル」私は直感したのである。

その日から私は一日置きぐらいに頻繁に店に顔を出した。

「カアさん、どうしたのよ。ずいぶんしばしば顔を出すじゃない」

マダムは嬉しそうにいった。

「おれ、ママに惚れたみたいだよ」と私は冗談をいった。何しろ、布施を記事にすると決めてから、飲み代は取材費で会社持ちである。

何日も通わない間に布施が店に現れた。最初のときと比べて二人の会話は微妙に変化していて、私の直感でマダムと布施はデキていると感じた。かねての手はずどおり、私は会社に電話を入れた。三十分もしないで相棒のカメラマンが到着した。すかさず私は立ち上がって布施に名刺を出した。「×××の菅野ですが」と名乗った。見るも気の毒に布施の顔が青ざめた。一瞬、私も《嫌な商売だな……》という思いが心のへりをかすめたが、そんなことを反省しているヒマはない。ちょっとした特種（とくだね）である。

マダムには恨み言をいわれたはずだが、何といって非難されたか記憶にない。「カアさんひどいよ」ぐらいのことはいわれたに違いない。

否応なく、マダムと布施とのツーショットを撮り形ばかりの取材をした。詳しい取材は必要はない。美人の酒場マダム、そして日本舞踊の名手と若き美男歌手の恋物がたりである。匂い袋のプレゼント、それだけでムードあるドラマになる。

当時布施はナベプロ（渡辺プロダクション）に所属していた。一応、ナベプロに掲載の了承を取りつけた。ナベプロは力のあるプロダクションで、不興を買うと以後の取材に支障を来す。一応事前に記事掲載の承諾を求めたのである。反対されると思ったが、予測よりはすんなりと許可してくれた。ただし条件がつけられた。布施が近々レコードを売り出す「恋」（？）という歌の歌詞を記事の随所に挿入してくれというのである。ナベプロはなかなかの商売人だと感心した。布施の匂い袋の恋物語はある月のある週の女性週刊誌の巻頭を飾った。

この話は関係者はみんな知っているが、仕事に無縁な周囲の人には語ったことはない。この手の取材ウラ話は、あえて公言はしないがたくさんある。相手は有名人でもあるし、秘密にしなければならないような話でもない。聞けば、多少興味を引くという程度の話である。そんな中でだれにも話したことのない話がある。全くの秘密話である。

女優さんや歌手の取材のアポはほとんどプロダクションを通して行うが、中には直接自宅に電話をかけて取材のアポを取ることもある。

ここで話す有名歌手も直接自宅に電話をかけた。この歌手は用心深い人で、必ず折り返しの電話をかけてきた。おそらく過去に悪戯（いたずら）電話で嫌な思いをしたことがあったのだと思う。私は何度か取材を申し込んだのだが、そのたびに折り返しの電話をちょうだいした。私は酒場から電話をかけたことがある。酒場に折り返し電話がかかってきた。

相手は芸名ではなく本名でかけてくるのだから、酒場のだれも電話の相手が、有名歌手だとは気がつかない。

こんなことを繰り返しながら一年ほどたったとき、彼女に特別電話を教えてもらった。その電話は特別な人にしか教えていない電話だという。身内とプロダクションの社長しか知らない電話だと彼女はいった。

「この電話にかければ絶対に私に連絡がつくわ」

当時、彼女はお母さんか妹かお手伝いさんか失念したが、同居している人がいて、その人にはつぶさに自分の行動を知らせておくのだという。

どうして私は彼女にそこまで信頼されたのか今もってわからない。きっと何となく相性がよかったのであろう。ある日彼女から電話をもらった。仕事に関係なく彼女から電話をもらったのはそのときが初めてであった。

「菅野さん、今夜あいてますか？」

美しい声だった。

「何ですか？」

「用事はないの……。ただお話がしたくて」

彼女の声は心なしか淋しげに聞こえた。

私には確かその日も、だれかと酒か麻雀の約束があったのだが、時々無理な取材に応じてもらっている手前、無下に断るのも悪いと思った。

彼女に待ち合わせの喫茶店を指定された。その店の名前も、レストランの名前も書くわけにはいかない。彼女の贔屓（ひいき）の店のようで、彼女に親しい人はその店名を聞けば「もしや彼女では？……」という疑念を抱かせてしまうに違いない。

私たちは喫茶店で少しの時間を過ごし、レストランでワインを呑んだ。彼女が酒を呑むとか呑まないとかいう話も割愛する。レストランでは二時間ほど取り留めのない話に時を過ごした。最初から最後まで彼女は私に優しかった。私の愚にもつかない話にもきらきらと目を輝かせてうなずいた。

高級レストランであり、客層も洗練されているのか、おかしな服装をしているのは私だけだった。何組かの客は、年配者が多く、彼女は有名歌手であることに気づいているようだったが、特別に奇異な視線を浴びることもなかった。見るからに雑誌記者という風体の私だったから、客たちは歌手が取材を受けているとでも思ったのかもしれない。

喫茶店の勘定は私が払ったが、レストランの勘定は高そうだなと思った。手持ちで足りなかったら会社の名前を出してツケにしてもらおうと覚悟を決めていたが、私がトイレに立っている間に彼女が勘定をすませていた。

レストランでの話が終わったのは九時ごろだった。

「お家まで送りますよ」

私の言葉にかすかにうなずいたが、彼女は顔をあげて私に言った。

「ドライブしません？」

一瞬、何を言っているのか私には腑におちなかった。

「ドライブですか？」

「タクシーで、東京の街を走りましょう」

意外な提案に私は少したじろいだが、それほど難しい提案でもない。私たちはレストランの前でタクシーを拾った。

何処をどんなふうに走ったかすでに記憶は薄れてしまったが、浅草、日本橋、神保町の辺りを走った記憶はある。何しろ、しばらくすると彼女は泣き出したのである。私の肩に頰を乗せて飽く事なくさめざめと泣くのである。小さく嗚咽さえ漏らしている。何と言って彼女に接したか記憶が薄れたが、私は「もう帰りましょう……」と彼女にいった記憶がある。

私の言葉にうなずきながら彼女はまた泣いた。

「外苑に行きましょう」

彼女の求めに応じて、私たちは外苑の中をぐるぐるとタクシーで回った。

「まだですか?」とうんざりしたような運転手の言葉に、やっと彼女は帰る決心をしたようだった。

彼女を自宅の前まで送って私は車を新宿に向けた。

「あの人、歌手の××さんですよね」と運転手は私に訊いた。

「まさか!」と私は即座に打ち消した。「あんな有名歌手がこんなところをうろうろしているはずがないじゃないか」と私は彼女をかばった。

「それはそうですよね。しかし、似てますね……。ダンナ、あんなきれいな人を泣かせるんだからすげえや」運転手はしきりに感心した。

彼女がなぜ泣いたのかいまだに私にはわからない。その日、何か心にわだかまるものがあって、私と会いたくなり、私と話しているうちに心の糸が切れて、つい泣いてしまったのかもしれない。「何で泣くの？」と私は訊かなかったような気がする。

いろいろと考えたが、突然彼女が泣き出した理由はついに判らなかった。その前に会ったとき彼女は「菅野さん結婚していたんだ……」といった。「独身とばかり思っていたわ」と笑った。

まさか私が結婚していたために彼女は泣いたとは考えられない。仕事以外で会ったのはその時が始めてであったし、それまでに何度も会ったが、世間話のときも、ムードのある会話を交わしたことは一度もなかった。

それならなぜだろう？　いくら考えても判らない。彼女が泣いた理由は謎である。当時、他人にこの話をしても信じてもらえなかったと思う。彼女は売れっ子の歌手だった。きらびやかな存在だった。一介の週刊誌記者の肩に頬を寄せて泣くことなど、彼女の名声からいってとても考えられないことだ。

あれから、五十年、この話はどんなに酔っても、どんなに親しい人にも語ったことはない。私の墓場に持っていく話の一つである。

佐村河内さんへの同情論 ――ゴーストライターの裏話

私の職業は無名の作家であり、仕事の幅は「聖書から性書」までと広い。広いと言えば聞こえはいいが、悪くいえば節操のない「何でも屋」のフリーライターである。「何でも屋」の仕事の中で、重要な仕事の柱になっていたのは「ゴーストライター」である。どのくらい重要かというと、私の全収入の三割くらいはゴーストライターによるものだった。

ゴーストライターというのは端的にいうと「代筆者」ということである。ある人に代わって文章を作る仕事である。

歌手や俳優が書籍を刊行することがある。私の経験からいうと、その八割くらいはゴーストライターの仕事である。忙しいスターに代わってゴーストライターが本を執筆する。政治家の場合も五割はゴーストライターが付いている。あまり知られていないが、学者や評論家にもゴーストライターが付いている場合がある。実業家などの場合も専属のゴーストライターが付いている場合が多い。

アメリカの前大統領のオバマ氏にスピーチライターが付いていたというのは、割に知られている話である。オバマ氏の名演説の陰に才能豊かなスピーチライターが付いていたのである。

「ゴースト」というのは、直訳すると「幽霊」という意味である。ゴーストタウン（死の街）のゴーストである。ゴーストライターというのは幽霊のように実体の無い執筆者ということである。すなわち著者の影になって文章を書く人のことである。

私はゴーストライターを「影武者」と呼んでいる。幽霊のような実体なき執筆者ではあまりにも可哀相なので「影武者」と呼んで我が身を鼓舞していたわけである。

「影武者」というのは戦国時代、名だたる武将にそっくり似ている別人を、身代わりとして置いたという伝説がある。武将はいつもしのぎを削る敵方から命を狙われていた。敵の目を眩（くら）ますために、自分に似た侍を影武者として置いたと伝えられている。

影武者の存在を証明するような確たる文書は残っていない。当然のことで、そんな文書が残っているようでは影武者としてあまり役に立たなかったということである。世の中のだれ一人にも知られることなく影武者はひっそりと生きひっそりと死んでいったわけである。影武者がこの世に存在したことを知っているのは、自分を雇ってくれた武将一人だけだったのである。

ゴーストライターも影武者と全く同じである。表の顔の「著者」の影となって、その人のためにひたすら優れた原稿を書き続けるのがゴーストライターである。

私も約五十年間、多くの人のゴーストライターを引き受けてきた。生涯に書いたゴーストの書籍は思いつくままに数えてみても二百冊は優に余る。一人の著者に一度しか接触しなかった人もいれば、同じ著者の書籍を生涯に渡って何冊も書いた人もいる。

私がその人の生涯に渡ってゴーストをつとめた人は二人で、一人は僧侶、一人は実業家である。二人とも死ぬまでに数十冊の著書を刊行したが、全ての著書は私が執筆した。それ以外の人でも、十冊くらいの著書を引き受けた人は数人いる。

生涯ゴーストを引き受けた実業家の場合、会社の朝礼の原稿、業界で挨拶するための原稿、冠婚葬祭のスピーチの原稿、講演の原稿、雑誌の連載の原稿まで引き受けた。

私がその実業家のゴーストライターであることを知っていた人は出版社の編集長だけであった。雑誌の連載の場合、雑誌社のだれ一人として、その実業家にゴーストライターがいることなど知らなかった。何しろ原稿は彼に直接渡していたのだから雑誌社が知るはずもない。雑誌社は私が書いた原稿を彼の直筆の原稿とばかり思っていたはずだ。

僧侶の場合は、ゴーストがいることを知っていたのは、広告代理店の部長と僧侶の妻と僧侶の息子、それに僧侶の妹だけであった。僧侶にはたくさんの弟子がいたが、弟子たちも、書籍は僧侶本人が執筆したものと信じていた。

僧侶の場合、私がゴーストを引き受けた一冊目の本がベストセラーとなった。この一冊で信者が一挙に増えて大伽藍を建立した。それまでその寺は街の一角のビルの二階で護摩を焚いていた。本がベストセラーになったおかげで、敷地一万坪の草原に大伽藍を建立することができたのである。

私がゴーストで執筆した書籍でベストセラーになったものも何冊かある。著者たちは本が売れることで脚光を浴びる。しかし、ゴーストライターである私は、その栄光の影でひっそりと生きていた。ゴーストライターとはそういうものである。

ゴーストライターがゴーストであることを名乗り出たら、その著者の栄光は一朝にして無残に踏みにじられてしまう。影武者がある日「実は私が影武者だった」と名乗り出てしまえば、その日から表の顔の武将は命の危険にさらされることになる。どんな局面が訪れようと、どんなことがあっても、影武者は影武者としての使命を全うしなければならないのである。影武者の悲壮で孤独な立場こそがその存在価値といっていい。

きらびやかに脚光浴びる著者。だれに振り向かれることもなくひっそりと、日陰の身を生きるゴーストライター。それこそがゴーストの真価であり、ゴーストという職業の鉄則なのである。

ゴーストライターという職業は暗黙に認められている職業である。一流出版社でもしばしばゴーストライターを起用する。私も現に出版社から依頼されて、何人もの人のゴーストライターを引き受けてきたから間違いのない事実である。

そのことを私は他人に語ったことはない。なぜか？　公に「自分があの本を執筆しました」と名乗り出ることはゴーストライターの職業的倫理に反するからである。私は、私のゴーストで世に出た本の真実については口をつぐんだまま墓場に入ることになる。

私に一冊の小説の拙著がある。「幽霊たちの饗宴——小説ゴーストライター」（展望社・二〇一六年刊）である。ゴーストライターの心情と実体を私の体験から綴った著書であるが、話が話だけにありのままを暴露することはできない。私の小説に書かれている物語の内容はフィクションだが、描かれている話はありえる話である。私があえてゴーストライターの小説を書こうと思ったのは「佐村河内事件」がきっかけである。

この事件は、全聾の作曲家佐村河内守氏の作曲した数々のクラッシックの名曲には、実はゴーストライターがいて、ゴーストの手によって作曲されたものだということが判明した事件である。まさに、日本中に衝撃が走った。

彼は事実が白日にさらされるまで、日本のベートーヴェンともてはやされたクラシック界の異色の寵児であった。中でも「交響曲第一番　ＨＩＲＯＳＨＩＭＡ」のＣＤは、クラッシック音楽としては考えられないような大きなベストセラーとなった。

彼の音楽家としての人間像に焦点を合わせた「ＮＨＫスペシャル」は私も観て大きな感動を覚えたテレビ番組である。

長髪、サングラス、黒い背広……、風体からして佐村河内氏は謎めいていて、風に吹かれてそぞろ歩く姿は、まさに天才作曲家そのものだった。曲想を得るために暗い部屋に独り閉じこもって、壁に頭をぶち当てて呻吟する様は感動的だった。私は心の底から彼を讃え、心から声援を送った。ＮＨＫスペシャルの放送は大成功だった。

　私は二十代の初めからとんと御無沙汰していたクラッシック音楽であったが、佐村河内氏の作曲した「ＨＩＲＯＳＨＩＭＡ」だけは真剣に耳を傾けた。知人の中にクラッシックの愛好家がいて、わざわざ私はウイスキーを持参して佐村河内氏の管弦楽作品集を聞かせてもらったほどだった。私は、ろくにクラシックが解らないくせに、すっかり佐村河内氏のファンになっていた。

　そんなときに、ある日、まるで晴天の霹靂のように「ゴーストライター事件」が一斉にメディアによって報じられた。

　その第一報に接したときに、私の感じた思いは正直なところ驚きではなかった。

「そうだったんだ……」という納得感と、これから以後の佐村河内氏の行く末を暗澹（あんたん）とした思いで受け止めた。

　私は佐村河内氏に、裏切られたとか、騙（だま）されたという思いは爪の垢ほども抱かなかった。私自身、ゴーストライターだったので、裏切られたという感慨を持てるはずもなかった。私自身がゴーストライターの仕事を生業（なりわい）としているのであるから、このことに驚きようもなかった。正体を現したNというゴーストライターの才能に驚く前に「何でお前さんが姿なんか現すんだよ」といういまいましさを感じた。私は、茫然自失、おろおろしている佐村河内氏に同情した。

　マスコミの論調はおおむね佐村河内氏に対して「詐欺師・ペテン師」扱いであった。こうなるのも仕方がなかった。影武者が姿を現してしまえば、本人は無力な人間であることが衆目にさらされる。ゴーストはゴーストとして、最後まで貫くのが掟であり、それがゴーストの商道徳である。そういう意味ではN氏はゴーストの風上にも置けないと感じたのである。ゴーストはゴーストとして、その真実を秘めたまま墓場に行くのが正しい生き方なのだ。それがゴーストライターというビジネスの道である。

　ゴーストは、表の顔である依頼者が、社会に脚光を浴びていくことに嫉妬しても、不条理を感じてもならない。自分の才能によって表の顔が脚光を浴びることを、むしろゴーストライターとしての自分の才能の矜持として喜びを感じるようでなければならない。

　私は事件当時、佐村河内氏を弁護して周囲の知人から憫笑（びんしょう）を買ったり非難されたりした。しかし私は、自分自身のビジネスを守るためにも、ゴーストを雇う人がペテンで師でも詐欺師でもないのだということを強調しておきたい。

佐村河内氏を非難するマスコミの姿勢に私は違和感を感じた。自分のところで、ゴーストを採用しているくせに、佐村河内氏だけをペテン師扱いにするのはどうかと思う。

ならば、佐村河内氏に非の打ち所がないかといえば、氏は大きな間違いを犯している。氏とゴーストのN氏との関係について詳しくは知らないが、仄聞（そくぶん）するところによれば、ゴーストのN氏の待遇はお粗末なものだったらしい。影武者は自分の分身である。手厚く遇するのが正しいのだ。佐村河内氏はそのところを間違えたのではないか？

ゴーストの才能によって自分が社会的栄光を勝ち取ったのだから、ゴーストの作品で得た収入の半分はゴーストライターに渡すべきであった。そうすれば、あるいはN氏はゴーストという身分に徹して、次々に優れた作品を生み出してくれたかもしれない。佐村河内氏はN氏を自分の分身として手厚くもてなさなかったその報いを受けたということである。まことに惜しいことをした。名曲「交響曲第一番　ＨＩＲＯＳＨＩＭＡ」の永遠の生命のためにもそのことを私は悲しむのである。

浜の真砂はつきるとも――痴漢犯罪の宿命と悲劇

希代の大盗賊石川五右衛門は釜茹での刑に処せられたのは有名な史実で、辞世の句として「石川や浜の真砂はつきるとも世に泥棒の種はつきまじ」と詠ったと伝えられている。釜茹では史実としても、歌のほうは五右衛門の実作かどうか疑わしい。それはともかく、泥棒の種は、彼の予言どおり令和の御代になってもつきることなく、窃盗の逮捕者が跡を絶たない。彼の予言は当たったわけである。

泥棒のことを語ろうとは思わない。泥棒の社会現象について、人様にウンチクを傾けるほどの知識はない。

ここで痴漢のことを語ろうと思う。痴漢犯罪については、二十年ほど前に取材したことがある。また拙著のことを語ることになって恐縮だが、私には痴漢冤罪についてのセミドキュメンタリー的小説がある。「夜の旅人――小説冤罪痴漢の復讐」(展望社・二〇〇四年刊)である。ドキュメンタリーといったところで、犯罪の内容が内容だけに実際の話を書くわけにはいかない。幾つかの痴漢事件を取材して、その材料を組み立てて一つの物語に仕上げたのである。

痴漢のことを書こうと思ったのは、大手企業の電気メーカーの人事部長と食事をしているとき、彼が何気なく語った言葉に興味を持ったからである。

「痴漢事件には困りました。弊社のエリート社員が一年に一人か二人は痴漢事件を起こしましてね、退職しているんです」と彼は困惑したように笑った。

エリート社員と彼がいうのは、東大、京大を卒業して入社した社員のことであった。確実に一年に一人や二人ということではないのだが、予想以上に多い痴漢退職者という感じであった。私は大いに興味をそそられて痴漢事件を取材してみようと考えたのである。

事件が事件だけに取材は難航したが、それでも何人かの痴漢容疑者や犯罪者に接触することができた。共通して彼らが弁解するのは自分が「冤罪」であるということだった。

確かに訊けば「なるほど」と、うなずけるような冤罪めいた話もあった。何しろ痴漢犯罪は、被害者の一方的な証言だけで立証されることがほとんどだからである。

私は、夜が遅くて朝の出勤も遅い記者生活だったので、混んだ電車に乗ることは少なかったが、それでも仕事の都合で、ラッシュアワーの時間帯に乗ることもあった。そんなある日、東京調布から新宿行きの京王電鉄の車内のことである。私は女性のハイヒールの踵(かかと)で靴を踏みつけられたことがある。失礼な奴とたしなめようとしたら、私の横に立つ女性が憎悪の目で私を見つめている。一瞬、何の事か判らずににらみ返したが、すぐに気がついた。私のショルダーバッグが女性のお尻に当たっていたのである。女性は私が故意にお尻をなでていたと誤解したのである。

痴漢の取材を始めてから、私は多数の冤罪事件（本人の主張）に触れたが、話を訊くと、私が経験した誤解のような事件も確かにあった。

突然女性が騒ぎ立てる。

「この人痴漢です！」と一人の男を指さす。

周囲の乗客は詳しく確かめもせずに「この野郎！」などと居丈高になって男を捕まえ、電車の外に連れ出して駅員に引き渡す。こうして痴漢事件が成立する。

捕まった男は誤解だとわめくが駅員は警察官に引き渡す。こうして悲劇の幕が開くわけである。もし、私もあのとき女性が大声をあげて痴漢だと名指しされたら、犯罪者に仕立てられたかもしれない。

痴漢犯罪の量刑はそれほど重いものではない。強制わいせつでもないかぎり、重くても懲役数ヵ月という程度だ。しかし否認すると拘留が長引く。冤罪だと叫んで否認を続けると、半年、一年と拘留されることもある。事件の中には、実際は冤罪であっても、自白して事件を穏便に処理した例もある。

前述のエリート社員の痴漢事件もあるいはそんな例があったかもしれない。しかし実際に取材してみると怪しげな冤罪も多数ある。「えっ？　本当に冤罪なの？」という話もある。事件を担当する刑事もそのことを知っているので、簡単には冤罪を信じようとしない。

私が取材した例では、冤罪を叫んで記者会見までしたのに、記者会見の一週間後、痴漢の現行犯で再逮捕されたという例もあった。私も彼の冤罪を半ば信じていたので、現行犯逮捕は裏切られたようないまいましさを感じた。

多くの痴漢犯罪を調べてみると、犯罪者には累犯者が多数いることだ。まさに懲りない面々だと思う。調べていると、痴漢は一つの病気かもしれないと思う。まさに「浜の真砂はつきるとも世に痴漢の種はつきまじ」である。

犯罪者の中には、大学教授、宗教家、小中高の教師など、表面的には人格者も多数いる。会って話を訊いても、実際に社会的に貢献している高潔な感じの人が多い。大学教授の中には立派な学問的業績を残している人もいる。この人たちが女性の体に触ったり、盗撮したりするのである。それも捕まってもまたすぐにくり返すのである。これでは刑事だって、泣いて冤罪を訴えても、被疑者の言葉をおいそれと信じる気持ちにはなれないであろう。

もちろん冤罪の例もある。犯罪はどんな犯罪も許されるべきではないが、特に痴漢犯罪は悲劇的である。交通違反や傷害事件、詐欺などの事件では、家庭が崩壊する例は少ない。ところが、痴漢犯罪の場合は多くの家庭が崩壊し離散する。痴漢の量刑は軽くても、そんな犯罪を犯した夫や父を家族は許さないのである。

仮に冤罪なら家庭が崩壊するのであるから、当人としてはどんなにか絶望的でやりきれない思いに苦悩するか計りしれない。

私が不思議に思ったのは、浮気や不倫の夫を許せても、痴漢行為は許せないという妻の心情だった。理屈としては少しおかしいが、心情的には解りそうな気もする。痴漢行為は何といっても陰湿な愉悦を求めての行為である。知性も人間性も影をひそめる短絡的な犯罪行為である。薬物などの中毒ははっきりした因果関係がある。

痴漢の常習者の病的な累犯は私には理解しにくい。精神医学的には何らかの原因が潜在的に存在するのかもしれないが、私はそこまでは深く調査をしなかった。

犯した痴漢犯罪は事実か冤罪か？　これを解き明かすのは私には至難の業であった。冤罪を叫びながら釈放されたとたんに現行犯逮捕される例もある。それに反して、痴漢の濡れ衣以後、混んだ電車に乗ると呼吸困難になるという人もいた。女の人の側に立つのに恐怖を感じるという人もいた。

してもいないのに自白して、取り調べの段階で起訴猶予になって人生を棒に振ることなくその後の人生を静かに歩んでいる人もいる。頑として冤罪を主張し、裁判で有罪となり人生を棒に振った人もいる。痴漢犯罪の解明はまことに難しい。

何で痴漢行為に走るのか何人かの痴漢常習者に話を訊いた。幾つかの理由があったが、主な理由としては二つあった。一つは、痴漢行為に対して恐怖か羞恥か判らないが、被害女性が声も出さずに痴漢行為を許してくれたこと。「そのときのスリルが忘れられない」と語る常習者もいた。もう一つは、女性が積極的に痴漢行為に応じてくれたからという例もあった。女性が痴漢行為に対して積極的に応じて、瞬時、秘密の快楽を分け合ったのだという。そのときのときめきが忘れられないと告白した。しかし、それもこれも事実は藪の中だ。痴漢犯罪は加害者も一人、被害者も一人で、その真実は当事者にしか判らない。

もし仮に冤罪なら、そのために人生の栄光の座を滑り落ちたエリートたちには慰めの言葉もない。

私の取材した中に、一人だけ女性の痴漢がいた。その女性は五十代の未亡人であった。痴漢行為で一度も捕まったことはなく、どんな男性も彼女の痴漢行為に積極的に応じてくれたのだという。

この話は周囲の人に酒飲み話として何度か話したことがある。この話をすると、本当か嘘か「おれも経験した」という男性が何人もいた。酒の上の冗談と思い私はその告白を信じていない。実は私もそれらしい体験があるのだが、私の場合、あれは何かの錯覚だったのではないかといまだに半信半疑でいる。したがって私のことは人様に語ったことはない。

仁侠道とやくざと暴力団

本当に、ごく親しい人にしか語ったことがないのだが、五十年以上も前、やくざ（暴力団）の親分（組長）のゴーストライターを引き受けたことがある。親分が雑誌に連載するゴーストを引き受けたのである。その後、連載が終わって一冊の単行本になった。

文学少年時代に同人雑誌の仲間で、私より四歳ばかり年長のSという友人がいた。一時期、相当に親しく付き合っていた。彼は俳優のような美青年で、当時有名雑誌の女性編集長である年上の愛人を持っていた。当時、彼は有名私学の仏文科の学生だった。

彼が大学を卒業したか中退したかはっきりと覚えていないが、彼は出版社勤務の後、トップ屋（ルポライター）となって、もっぱら暴力団関係の取材をしていた。

やくざブームというのもおかしなことだが、当時、やくざの話は二流どころの週刊誌でしばしば記事にしていた。そんな一連のブームの中で、Sは週刊誌の連載の話を私に持ち込んできた。

当時は東映やくざ路線の映画が人気で、鶴田浩二、高倉健、池部良、菅原文太、現在の富司純子が藤純子と名乗って出演していた。藤純子の「緋牡丹お竜シリーズ」は人気があり、私も黒板に「取材」と書いて会社を飛び出し、東映やくざ映画の三本立ての映画館に入り浸った。Sから親分のゴーストをやらないかという話が持ち込まれたとき、私は映画でしか知らないやくざの世界の親分に会えることに大いに好奇心が刺激された。

私はその後カストリ雑誌に仁侠小説、股旅小説、やくざの世界のコラムなどを書いたりしたので、その世界のことは割に詳しく知るようになった。

筋者といわれる正統派やくざがいる。当局から暴力団のレッテルを貼られている。ダーティな世界の正統派というのもおかしな話だが、本来やくざというのは「博徒（ばくと）」という別名もあり、賭博を生業としていた。賭博を生業とするやくざが正統派である。縄張り内に博打場を開帳して、素人の旦那衆やプロの博打打ちを集めて賭博をさせた。このとき動いた金銭の一割程度を寺銭として徴収することで暮らしを立てていた。胴元と呼ばれる主催者の集める金を寺銭と呼ぶのは、江戸時代、賭場は寺の空地などで行うことが多かった、寺銭と呼ぶのはそのときの名残りである。

本当の博徒はしのぎ（暮らし）の糧は博打一本で、その他の事業には手を出さなかった。彼らは自分たちこそが真のやくざだと考えている。

清水の次郎長などはまさに本格的な博徒であった。やくざに暴力が付き物なのは、博打でしか飯が食えないような男たちは、やはりどこか半端もので、何かといえば些細なことで暴力を振るい、喧嘩三昧の日を送って、やがて、いつの間にかやくざの一家に身を寄せるようになるのである。博打と縄張りは切っても切れない縁があり、縄張りを死守するために、やくざは一家同士の争いが絶えなかった。こんな喧嘩出入りをくり返しているうちに、力のある一家(団体)が勢力を伸ばすことになる。

仁侠道というのは、博徒稼業の劣等感の裏返しで「強きを挫き弱きを助ける」ということを表看板にした。真のやくざは素人をいじめたりしないということを強調しているわけである。確かに素人衆は賭場の顧客であったから、大事にして昔のやくざはへりくだっていた。映画に出てくる悪やくざは、どこの世界にも上下があるように、やくざの中にも堅気をいじめて悪事をメシの種にしている輩もいたわけだ。

自ら仁侠道を売り物にしている親分は「暴力団と呼ばれるのは切ないですよ」と私に淋しそうに述懐した。しかし、その親分の子分たちの中には、どうにも手のつけられないワルの子分もいて、何度も警察に捕まっては、そのたびに弁護士がもらい下げに走るのを私は何度も目撃している。親分は仁侠道を売り物にしていても、子分は手のつけられないワルなのだから、本当の仁侠道とは実際にはありえないのである。

賭博は江戸のある時期から違法行為として取締りの対象になった。博徒もおおっぴらに賭場を開帳することはできなくなった。そのときからやくざは一層日陰の存在となり、世間の爪弾きの対象になった。暮らしのために、債権の取り立てをしたり、才覚のあるやくざは、港湾事業に進出したり、興行師の世界に進出したりした。

確かにやくざは特殊な人たちで、一般社会とは断絶した世界で生きている。昭和の初め頃までは、やくざ同士の喧嘩による傷害事件や殺人事件は特殊扱いされて、刑事裁判の量刑も軽かった。もちろん現代では、やくざの犯罪はむしろ重くなった。暴力団壊滅は日本警察の一つの旗印である。そのような社会的傾向を反映しているのであろう。

やくざというのは、昔は特別の結社であった。なりたくてだれもがなれるという世界ではなかった。厳しい掟としきたりにがんじがらみに縛られていた。

子分として取り立てられるときは厳粛なセレモニーがあり親分子分の盃を交わして初めて一門の子分として認められる。

儀式の口上の中に「以後は親が（親分）白いものを黒いといっても従います」というような文言がある。すなわち盃をもらって子分になるということは、何のことはない親分に絶対服従を誓う儀式をとり行うことでもあるわけだ。

親分の身代わりで子分が刑務所に服役するという話は本当である。私が知っている親分は子分の出所の日、莫大な借金をしてその子分のために当座の生活費を工面していた。自分の身代わりで何年間か刑務所に入ったのだから、それは当然のことなのかもしれない。警察は子分の自首を、親分の身代わりであることを知っていても、どうにもできなかったのであろう。親分の悪事には捜査の手も及ばないのである。

やくざ組織というのは私たちの想像以上に不気味で結束が固い。一見敵対している組織のように見えても、裏では巧妙につながっているのだ。私は前出のSに伴われて親分の東京事務所に取材の挨拶と打合せに出向いた。

事務所の中はなぜかざわめいているように思えたが、私は見知らぬ場所に出向いたので緊張していた。東映映画の悪役のような顔をしたいかつい人相の男が右往左往している。私には生きた心地がしなかった。何が何だか判らないうちに私は辞去した。事務所を一歩出て私はほっとした。入った瞬間に感じたざわめきの理由について後でSに聞いた。

その日、親分のところに泣き込んできた有名企業の経理部長がいたのだという。三千万円の手形がパクられた（騙し取られた）のだという。その親分と敵対する大きな団体に所属する組に手形を騙し取られたのだという。その大手企業は警察ではなくツテをたどって親分のところに駆け込んできたのである。

親分はその経理部長に三千万円の半金を用意したら取り戻してやると伝えたのだという。そして、親分はSに机の中からその手形を取り出して見せたという。

「××組は、親分のところに経理部長が泣きついてくることを事前に察知して、手形を廻してきていたんだ。まったくおっかないよな。やくざの世界は……」とSはいった。

その結末について後日、Sから聞いた。経理部長は千五百万円と引換に三千万円の手形を回収した。

「おそらく、○×親分と××組は千五百万円を折半しただろうな」とSは笑った。

Sにいわせると、もし手形を騙し取られた大手某会社は、やくざを利用したりせず、警察に告訴していれば、詐欺事件で当事者は逮捕されたかもしれない。しかし、手形は形式的に善意の第三者に渡ったことにされると、その後、民事裁判など煩瑣(はんさ)な手続きに時間を浪費したかもしれない。そして何より、何で有名会社がいかがわしい街の金融会社などに手形を振り出したのかということで、金銭であがなうことのできない信用が失墜したのは明らかである。確かに千五百万円は結果的に騙し取られたことにはなったが、半分の千五百万円返ってきて、そして大手企業のスキャンダルは闇に葬られてしまった。

暴力団がからんだ経済事件はたくさんある。その多くは闇から闇に消えてしまった。暴力団がらみの事件はニュースにさえならない。ニュースにしようとして、暴力団に襲撃されたジャーナリストを私は知っている。やくざは確かに怖い人たちである。

暴力団の姉さん（妻・情婦・内縁の妻）に手を出した知人は袋叩きにあい、大怪我して挙句の果てに退職金の大半を巻き上げられた。姉さんに手を出したというより、罠にはまったのかもしれない。退職金が入ることを知って暴力団とその情婦が仕組んだ芝居だったのかもしれない。著名な作家が、銀座のホステスを口説いて、暴力団に大金を巻き上げられたという話もある。仁侠を口にしても裏の顔は定かではない。

やくざ専門のルポライターだったSは、ミイラ取りがミイラになって、ついに暴力団の組員になった。Sの晩年はあまり幸せではなかった。アル中になって幻覚に苦しみながら病院で若い命を散らした。Sはやくざになっても入れ墨は入れなかった。「痛いからね」と苦笑して私に言ったことがある。入れ墨は入れなかったが、腹部に大きな刺し傷があった。抗争事件で負った傷だった。

私の親友と呼んでもいい友人が倒産直前、筋の悪いサラ金から数百万円の借金をして暴力団に付きまとわれて憔悴していた。警察に相談しても、借金のトラブルは表面的には民事事件なのでどうにもならなかった。人相の悪い男たちは、家に上がり込んで、勝手に出前を取ったり玄関に座り込んで嫌がらせをした。

子供が怖がった。近所の人も気味悪がった。警察に電話をしたときだけおとなしくなる。しかし警察が帰ってしまうと、また嫌がらせが始まるのである。

「このままでは自殺するしかない」

友人は悲痛な声で私に語った。私はどうして助けていいか判らなかった。Sに相談した。「困ったな……。しかしお前は絶対に関わったらだめだぞ。彼らは取れる奴からむしり取る。おまえがシャシャリ出たらカモになる。絶対に口を出さないことだ」

Sにこんこんと注意された。注意されるまでもなく私としても若造記者で、蓄えにゆとりがあるわけではない。友達を救いたくても、私の身分では手も足も出ない。迷ったあげく、Sにも相談せず、以前にゴーストライターを引き受けた例の親分に泣きついた。

私はキザを承知で「仁侠の親分にすがる道しかありませんので……」といって平身低頭した。親分は明らかに困惑し、不快な顔をした。それから静かに顔をあげていった。

「本当はこういう場合は借りた金の半金を持っていって私が頭を下げなければならないんですぜ。それがこの渡世のしきたりなんですよ。まあ、せんせいにそんなことをいっても仕方がないか……」と顔を歪めた。それから「約束はできませんよ。まあやるだけやってみましょう」とぶ然といった。

Sは、このことを知って烈火の如く怒った。「俺の顔をつぶしたな」とやくざの口調で怒鳴りまくった。昔、ボードレールの愛好者だったSの面影は消え、恐ろしい啖呵（たんか）は、ほとんどやくざの口調そのものだった。

しかし、その翌日から友人の家へはやくざの取り立てはぴたりと来なくなった。その事実に接したとき、あの世界はまことにもって理解不能であることを身にしみて感じた。彼ら反社会の情報網の確かさや、組同士が連携する絆の強さはまさに恐怖そのものといっていい。善良な市民には想像できないほど緊密である。あの世界のことで、仕事で知りえた秘密の話はまだまだあるが、ここで暴露するわけにはいかない。その秘密の数々は、私としてはやはり口をつぐんだまま墓場に持っていくしかないであろう。

計画倒産の変な話

私が今に至るまでお世話になっている出版業界は、大出版社から弱小会社までひしめいている。さながら戦国時代の群雄割拠のありさまである。

講談社や文春、新潮社、小学館、集英社、学研他、幾つかの大出版社、それに追随するところの中堅どころの出版社、そして群がるように中小弱小の出版社がしのぎを削っている。大手、中堅の出版社は数十社で、数からいえばほんの一握りである。

残りの数百社こそがまさに生き残りのために必死になって闘っている。

普通の産業界と違って出版界は、会社の大小だけで、その会社の優劣を決めるわけにはいかない。そういう点で特殊な業界といえるかもしれない。物作り日本の下町の工場街などは、中小企業といったところで、最終的には規模や資本力で勝負が決まるところがあるが、出版界は大資本が優秀な製品を作れるとは限らない。

そのような事情に加えて、出版社は比較的小資本で企業化することができる。出版事業は、他の産業界のように人材プラス資本力と技術力などが緻密に調和が取れていなくても乗り出すことができる。出版界はもちろん人材は必要である。人材プラス多少の経験は出版社立ち上げには不可欠だが、自動車やビルを造るといったような大仕事と比べたら安易に取り組むことができる仕事でもある。そのために、何かブームのようなことが起こると、我も我もと出版界に踊り出す野心家がいる。出版社の中には倒産三回、四回目でやっと軌道に乗せたなどという猛者（もさ）もいる。

私のような無名で何でも屋のフリーライターは、大手出版社だけでは十分な収入を得ることはできない。大手から中小まで、すなわちピンからキリの出版社と手広く取引して、何とか満足できる収入になるのである。

ピンと比較してキリの出版社は原稿料も安いが、ピンと違って仕事の質にそれほどうるさくはない。キリの仕事は体力勝負の増産で、駄文、雑文を書きまくって収入を増やすことができるわけである。

大手出版社は原稿料が高いといったところで、無名のライターの原稿料はそれほど高いというわけではない。四、五十年前は大手の原稿料は、有名作家でも、随筆や読み物の原稿料は四百字原稿紙一枚が三千円程度であった。無名のライターは大手出版でも、千円から千五百円が相場であった。それに比してキリのほうの弱小出版は、四百字一枚、三百円から五百円という値段だった。しかし、大手の注文枚数はせいぜいでも二十枚前後であるのに比して中小は一枚五百円でも枚数で稼がせてもらった。すなわち、質より数で稼がせてもらった。

大手は取材の質を厳しくチェックされるが、中小はデッチアゲ、マユツバ原稿でも大目にみてくれた。

昔、クラブ本と呼ばれる小説雑誌があった。当時クラブ雑誌は、無名の作家の生活の糧を得る舞台になっていた。全盛期の頃は、クラブ雑誌は何十冊も出版界にあふれていた。無名作家の生活の稼ぎ場所ではあったが、後年文壇で活躍した有名作家も一時期常連としてクラブ雑誌に執筆していた。私の知る限り、山本周五郎、山手樹一郎、早乙女貢なども執筆していた。他に陣出達郎や魚河岸の石松がヒットした宮本幹也などの作家もクラブ雑誌の常連作家として記憶している。

クラブ雑誌の原稿料は安いところで百五十円、高くても三百円だった。そんな安価な原稿料でも、一度の注文は少なくても三十枚、こちらが泣きつくと五十枚、六十枚の注文をくれた。一枚百五十円でも、五十枚なら六千五百円である。大卒の初任給が一万二、三千円のころだから、月に五本、六本とクラブ雑誌に発表すれば、割と気楽に生活費を稼げたのである。

昭和五十年辺りからクラブ雑誌は衰退したが、それ以後漫画界に劇画ブームが到来した。劇画というのは、従来の漫画と違ってストーリーのある物語をリアルなタッチで描くのである。その手の代表作は小池一夫作・小島剛夕画の「子連れ狼」や梶原一騎作・川崎のぼる画の「巨人の星」であろう。

「子連れ狼」は双葉社の漫画アクションに連載されたものであり、「巨人の星」は講談社の少年マガジンに連載された。

双葉社も中堅出版社であり、講談社は大手出版社だが、その頃、劇画ブームの到来で雨後の筍（たけのこ）のごとく中小、無名のいかがわしい漫画雑誌社が林立した。おかげで無名雑文家の私は稼ぎ場所に不自由をしなかった。私も、貝塚忍や南由季夫のペンネームで劇画のシナリオを書きまくったが、その痕跡は跡形もない。気まぐれにコンピューターで調べてみたが、一行も記録がない。五十年前の三流雑誌では筆者もその名をとどめないのかもしれない。何しろ、私が稼ぎまくったいかがわしい雑誌社は、泡沫会社で、現れるとすぐに倒産した。私は運が良くて倒産の被害に遭わなかった。仲間のライターの中には、何度も何度も出版社の倒産に泣かされている人もいた。そんな運のいい私も、実は一度だけ被害者になったことがある。

私が被害に遭ったのは、古い知り合いの出版社で、かつてはベストセラーの書籍を何冊も出版したことのある老舗の会社だった。かつてというのは、その出版社はすでに倒産していて、社長は再起をかけて新しく雑誌社を立ち上げたのである。

私は若いときからその社長に目をかけてもらっていた。以前の老舗の出版社が倒産した以後も、何度か自宅にお邪魔して酒をご馳走になり、そのまま泊めてもらったりしたこともある。何年かして、その社長が出版社を新しく立ち上げることになった。

「ぜひ力になってくれ」と社長は私の手を取って懇願した。

若い私には、いかなる事情とタイミングで出版社を立ち上げることになったか皆目見当がつきかねていた。

最初、新会社に入って編集長を引き受けてもらえないかという話だったが、それはお断わりして、外部の顧問兼執筆者として協力することになった。

雑誌の相当数のページを引き受けて協力した。出版社は二年ほど順調に経営を続けた。そこそこに利益が上がっているふうに私には思えた。

ところがある日、突然その出版社は倒産したのである。私にとっては全くの寝耳に水の倒産劇であった。その月の新しい雑誌が発売されたばかりのときに倒産した。まさか会社が潰れるとは思わないので、私は知人のライターを多数紹介したりしていた。私個人は、金額にして十数万円の売り掛けが引っかかったのである。

私は半ばあきらめていた。今までいろいろ世話になったのに社長に債権者として取り立てをする気にはなれなかった。私も、当時三十代半ばで、裕福というわけではなかった。おそらく、その収入は妻としても当てにしていたかもしれない。しかし、会社が潰れたのではどうすることもできなかった。しかし、あんなに景気のいい話をしていたのに、見事に騙されたという、口惜しい思いを私は噛み締めていた。

倒産してから三日後、突然社長から電話をもらった。

「やあ、心配かけてすまなかった」社長の声は明るく屈託がなかった。

「どうしたんです？　びっくりしましたよ」私の言葉に、社長は大きな声で笑った。

「あす時間があるか？　残っている支払いをするから来てくれ」といって、社長は詳しく住所を教えてくれた。教えられた住所は、今まで住んでいた家と二駅ばかり離れたところの住宅地の中だった。

私は翌日、約束の時間に出向いたが、聞いた住所が見当たらなかった。近くの住宅で、番地を示してその場所を訊いた。

「ほら、目の前の建て前をしているお宅ではないかな？」

訊いた人が指さす辺りに、今、工事中の大邸宅があり、そこから民謡を歌うような賑やかな声が聞こえていた。

近づいてみると、上棟式の最中で、大工さんに酒を注いで廻っているのが例の社長だった。倒産したばかりで新築の大邸宅の上棟式、《いったいどうしたんだ？》私は狐につままれた感じで社長を見上げた。

社長は祝いの酒で頬を染めていた。

「わざわざ来てもらって悪かったね。せっかくだから君も飲んでいきたまえ、新築のお祝いをしてくれよ」

社長は冷や酒の一升瓶を取り上げていった。

それから、内ポケットから小切手帳を取り出して私の未払分の原稿料を支払ってくれた。倒産によって銀行取引は停止のはずなのに、社長の手には真新しい小切手帳が握られていた。おそらく新しく取引を始めた銀行の小切手帳であろう。五十年前はそういうこともあったのかもしれない。

社長は私に小切手を渡しながらいった。

「今度、新しい雑誌社を作る。協力してくれるライターには優先的に支払うからきみからみんなに伝えてくれ」

社長はそういって微笑んだ。

不逞にも、倒産した日に、その当事者が大邸宅の自宅の工事を着々と進めていたのである。その現場に立ち合った私は、あの日、割り切れない思いを抱いたこと、そしてあの日支払ってもらった小切手の微妙な手触りの感覚を今でも切なく思い返すのである。

この目で見聞した裏口入学の真偽

令和二年、売れっ子芸人、漫才師の一人が有名私大を裏口入学をしたのではないかと話題を呼んだ。私はその話を聞いたとき、特別に驚きを感じなかった。大方の人はこの世に裏口入学が存在することを知っている。私の調べた限り、聞けばあっと驚く意外な人が裏口から入学している。

しかし、当の本人は知らないケースが多い。親が、親心でしかるべき人に子供の裏口入学を頼むのである。売れっ子漫才師はムキになってその事実を否定していたが、本当に当人は知らなかったのかもしれない。父親が本人の承諾なしに勝手にしたことである。

私は仕事のコネクションで、有名私立大学、有名私立高校、有名私立中学に顔の効く人を二人ばかり知っていた。一人は大学の理事長に直結のコネがあり、依頼すると九十パーセントは確実に入学できた。よほど成績の悪い子弟はいくら理事長でも裏口は引き受けられない。それで成功率九十パーセントということなのだ。

相当に頭の悪い子供がいて、悩みに悩んでいた親に頼まれて、私は顔の効く人を紹介したことがある。その子供は見事に合格した。しかしその学校が私学の難関校だったので、ほとんどの人は裏口ではないかと疑っていた。

有名私大に顔の利く人というのは、理事長というような権力者を知っているのではなく、学部長クラスのコネがあるということだった。半信半疑で紹介した人がいた。しばらくして無事に合格したと連絡があった。学部長クラスになると何人かの裏口のワクがあるのだという。この人に私は何人かの人を紹介したのだが、ある時期から裏口ができなくなったと連絡があった。受験システムがコンピューター管理になって学部長であろうとも情実が通用しなくなったのだという。一方、理事長直結の確実なケースは、実力者が急逝して私との交遊が途絶えてしまった。

現代は大学も近代化され、少数の実力者の裏の利権のようなものがなくなったのではないかと思う。ところが裏口にまつわる話が、時々ニュースになることがある。以前文部省の幹部が、自分の子供の医学部合格を条件にその医大に、国として何らかの便宜をはかったとして贈収賄事件で摘発されたことがあった。

実際の話、医者の裏口入学は困る。人間の命に直接かかわる医者の学校が情実で入学させるのは大問題である。

ところが医者の世界に裏口の話は跡を絶たない。両親が開業医だったりすると、数億円もする医療機器などが完備されていて、後継者がいないと困るのだという。

昔、医学部の試験官だった人に話を訊いたことがある。

「確かに卒業生の中には、『家の息子をよろしく』といってくるひとはけっこうおります。でも私たちは約束なんかしませんよ。成績が悪ければいかにOBの口利きでも合格させることはありません。しかし、点数が合否で拮抗している場合など、やはり、大学のOBの子弟を優先的に合格させることはあります。しかし、裏口ということではありません」

おそらく私が話を訊いた試験官の話は本当だったのであろう。裏口はあってはいけないことだが、わけても、医者の世界だけは裏口入学は絶対にあってはならない。

裏口入学にもとんでもない話がある。

ある裏口入学のブローカーのワルの話である。その話は真実かどうかわからない。その男は、三文通俗小説家である私に対して、小説のネタを提供するつもりのリップサービスで話したのかもしれない。

この男、過去に何十回となく裏口入学を斡旋してきたという。ところが実際には裏口入学の工作には関わらなかったのだという。

「とにかく前金は受け取るんですわ。そして、依頼された息子や娘に受験勉強に精出すようにくどくどと忠告するわけです。友人に有名塾の講師がいて、こいつからいろいろと情報をもらって、それも伝えて勉強にハッパをかけるんです。そして、受験させるわけですな。こうして合格するやつが十人に二人ぐらいはいる。補欠でも何でもいい。合格さえすればお金はいただきです」

「前金はいかほどですか？」

「私の場合前金ではなく全額いただきます」と大きな口を開けて笑った。

「合格しなかったあとの八人はどうなるんです？」

「全額返金します。力不足で申しわけなかったと平謝りです。その代わり来年は何とか尽力しますので今回はお許しくださいと徹底的に謝るわけです」

「実際は自力で合格したのにお金はいただくわけですね？」

「もちろんです。こちらもいろいろと受験情報などを提供して、結構元手はかかっているんです」

合格できなかった場合は、預かった金銭を全額返金するので決定的なトラブルになったことはないという。

「こういうのは詐欺にはならんのでしょうな。一度も訴えられたことはありません」

本当かどうか、この男、こうして一年間に何千万円も稼いでいるのだという。

これと、逆の話をこの世界の実力者から聞いたことがある。

何でも大手企業の重役の息子だったという。父親に懇願されてさる有名大学に話を持っていった。

このときは見事に合格した。ところが約束の残金は頑として払わないのだという。

「うちの息子は実力で合格したんです」

そういってその重役は残金はびた一銭払わなかった。仕方なく実力者は自分で自腹をきって裏口資金を調達したという。

「何か言い分があったらどうぞ告訴でも提訴でもしてください」

大手企業の重役は開き直ったのだという。

「告訴なんかできませんわな」

実力者はいまいましそうに苦笑した。

第六章

——この世に心が残るひと口ばなし

迷宮入り犯罪の無念

死んでいく身として確かに心残りという話は誰にでもある。

三十年ほど前、若い母親のガン患者を取材したとき、幼い子供を残して死んでいくことが辛いと話していた。その母親の子供は、まだ確か小学生の低学年で、これからますます母親の庇護(ひご)の必要なときにあの世に旅立つのだから、他人には計りしれない大きな心残りだったに違いない。終始、明るく気丈に取材に応じていた女性が、子供のことに話が及ぶと声をつまらせた。泣き虫の私もいい歳をして貰い泣きをした。それは本当に大きな心残りだったに違いない。

令和三年一月現在、八十五歳の私の身辺には死んでも死に切れないというような心残りはそれほど多くはない。あるとすれば、老妻が一人では何もできなくなってしまったことだが、老妻も歳は私と二つ違いで、それほど丈夫な体を持っているわけではないので、私の死後そんなに長くは生きていないだろうと考えている。それに、私たち夫婦は、自立型老人ホームに入居しているので、大方のことは施設が面倒を見てくれる。都会の片隅の独り暮しとは違うので、妻のことは死んでも死にきれないというほどの心残りではない。

むしろ社会的な事件でいつも心を傷めていることがある。例えば、迷宮入りの難事件だ。日本の警察は優秀な捜査能力を持っているが、迷宮入り事件を幾つも抱えている。

小さな窃盗事件や傷害事件の迷宮入りは私が心を傷めても仕方がない。死んでも死にきれないのは大事件の迷宮入り事件である。

例えば世田谷の一家惨殺事件や八王子のスーパーマーケットの従業員射殺事件などである。どちらも何十年間という時間が経過してしまった。

被害者の無念、被害者遺族の悲痛な思いを考えると他人事に思えない。本当に長い時間が経過してしまった。今や犯人の生存も定かではない。重罪事件の時効が無くなったとはいえ、今もって犯人が逃亡を成功させていることには何とも釈然としない。犯人はぬくぬくと生き長らえて、社会を愚弄していると考えると悔しい思いにさいなまれる。

よもや私は自分が地獄に堕ちるとは考えていないが、あの世で犯人と出くわすことを考えると、心のうちを寒々とした思いが吹き抜ける。地獄極楽は仏教の教えの寓意だが、逃亡を続ける犯人のためには、本当に地獄が存在してほしいなどと考える。この世で警察の追っ手を逃れても、彼ら犯人は必ず神仏の断罪は受けなければならないのだ。

日本にノーベル賞受賞者がいなくなる？

日本人のノーベル賞の受賞者が年々少なくなるのではないかと危惧している。これは、時の為政者が真の学問を軽視して経済に実効性のある研究ばかりに力を入れ、基礎的研究を軽んじているからだ。

前の政権でも予算の配分のときに、日本の研究を世界一にするための予算だと主張した省庁に対して「二位ではいけませんか？　どうしても一位ですか？」と時の政府が反問していた。私は内心《それはないだろう》と考えていた。日本の研究は一位でなければならないのだ。一位を目ざしても一位になれるとは限らない。一位を目ざして研鑽努力をしても、一位になれずに二位の座や三位の座に甘んじなければならないことだってある。それが学問、研究の世界である。その研究目標に対して「一位でなければなりませんか？」という政府の姿勢は間違っている。

この話は現政権の話ではないが、現政権も似たり寄ったりで、学問に対して冷遇の姿勢は研究費の削減や教育予算の少なさを見ても明らかである。

日本は経済大国で、豊かな国のように思われているが、研究者や学者に対しては十分な予算を確保してはいない。学者、研究者を優遇しているとはいえない。研究者はいつも不満を抱えている。このような学者や研究者が、自分の研究を認めてくれる日本以外の国に心を寄せても責められるべきではない。

優秀な頭脳が海外に流出するのは、日本に学問を育てようという土壌が少ないからである。今までは日本の中から、数多くノーベル賞学者が誕生した。それは、世界一列それほど豊かではなかったからだ。闘うグラウンドに大きな差異がなかったからだ。同じ土俵の上の勝負なら、日本の優秀な頭脳は世界に引けを取らずに発揮することができた。しかし、今は違う。莫大な国家予算で研究開発に力を入れる国が頭角を現しつつある。そのような新興国が莫大な研究費を餌にして日本の頭脳を釣り上げようとしている。日本の頭脳の流出に私は恐怖さえ感じる。

この手の話で、もっと基本的なことをいうと、将来、日本の頭脳となるべき小学生、中学生の学力が世界の中で低下しつつあることに不安を感じる。この兆候はまぎれもなく日本の為政者の政治の失敗である。

私は事あるごとに政治の基本について述べている。あまりに常識的で恥ずかしいのだが、恥を忍んでいわなければならない。

「政治というのは国家百年の未来を見据えて行うものだ」ということだ。

小中学生の学力の低下は、明らかに日本政治の失政である。

もっとも私のように、学問をしないで、愚にもつかない小説本に耽溺していた少年時代を政治の責任にするつもりはない。

日本の国技「相撲」はモンゴルに席捲(せっけん)される

令和三年初場所は両横綱が休場した。加えて綱取り有望といわれていた大関貴景勝が惨敗した。横綱不在で、形の上ではつまらない場所になるはずだった初場所は、大関正代と平幕大栄翔の優勝争いで熱狂した。そしてついに大栄翔が優勝した。それほど相撲ファンというわけではない私も相撲放送の時間になるとソワソワした。

ここで、令和三年の初場所について述べようとは思わない。今、日本の国技である相撲に、日本人の優秀な相撲取りが現れないことをひそかに愁(うれ)いている。この世に心が残るというほどの気がかりではないし、それに私は日本ファーストというほど、がちがちの愛国者ではない。わりと国際協調豊かだと自分ではうぬぼれている。

そういうわけで、相撲界が異国出身力士に浸食されることをそれほど悲しんでいるわけではない。

それにしてもだ。日本の国技である相撲の東西両横綱が、モンゴル力士に占拠されているのはいかがなものかと考えてしまう。

私は稀勢の里が横綱に昇進したとき、これで日本人横綱が誕生したかと大いに喜んだものである。ところが稀勢の里は、怪我などが重なって十分な活躍ができないうちに横綱を引退してしまった。そして再び横綱はモンゴル力士だけが残された。

横綱という地位はあくまで完全なる実力の世界である。情実で、人気だけで、投票によって決めるわけにはいかない。打倒横綱で向かってくる敵を、堂々と受け止めて横綱相撲で勝たなければならない。

確かに横綱は強くなければならないが、必ずしも生まれつきの偉丈夫(いじょうふ)でなければならないことはない。名横綱の双葉山もそれほどの大男というわけでもなかった。前横綱の貴乃花だって相撲の中でずば抜けて体が大きかったわけでもなかった。その兄貴の若乃花だってそうだし、伯父の初代若乃花だって見事な体躯というわけではない。

ウルフと呼ばれた亡くなった千代の富士は「小さな横綱」と呼ばれた。モンゴル出身の朝青龍だって強い横綱だったが決して体躯は大きいわけではなかった。

現横綱の白鵬だってそれほどの大男というわけではないし、鶴竜はむしろ小さいといっていい。それなのに横綱を張っているのだ。

体力だけではない何かが、日本力士には欠けているのだ。何だろうと考えても、相撲に無知な私に解るわけがない。稽古量か？　それともモンゴル力士の下地となっているモンゴル相撲に強さの秘密があるのだろうか？

今の関脇照ノ富士（モンゴル出身）も、特別のアクシデントがなければ間もなく大関に昇進するに違いない。彼はかつて大関だったし、スピード復帰であれよあれよという間に関脇に返り咲いた。大関の実力は十分の力士である。私は照ノ富士を次の横綱候補と考えている。そうなると、またモンゴル出身の横綱が誕生するわけである。そのうちに、大関、関脇、小結など三役はすべてモンゴル力士に占拠されてしまうかもしれない。これは国難というほど大げさなことではないが残念だという思いは少しはある。

役人の質の低下を嘆く

かつて日本の国は繁栄していた。まさに先進国にふさわしく進取の気概にあふれていた。日本は名実ともに文化国家であり、国の統治も行政もしっかりと行われていた。これは、日本の政治が優れていたというより、むしろ政治家をサポートしていた官僚が優れていたということである。

官僚の力が増大し過ぎ、政治家が国政を行うことにしばしば支障が起きるようになった。政治的決断と行政のシステムが噛み合わないこともあった。政治家は官僚の強権を歯がゆく感じ、またこれではいけないと反省した。

政治家は政治権力を官僚機構の隅々まで及ぼさなければならないと考えるようになった。こうして強引に作りあげられたのが官邸主導の政治形態だった。

官僚の人事権まで手中に納めて官僚の上に政治を君臨させるようにした。そのときから官僚は政治家の走狗（そうぐ）に堕することになった。

かつての役人は、国家国民の幸せのために国の行政を運営するのだという誇りに殉じる覚悟を持っていた。官僚として、役人として生きることは日本男児の本懐（ほんかい）でもあった。

優秀な人材が試験の難関を突破して役人となった。役人の世界は秀才の花畑でもあった。官僚の庭には日本屈指の秀才が競って花を咲かせていた。

政治家諸氏に失礼だが、少しぐらいの政治の失敗は見事に官僚がフォローしてくれた。才能豊かな官僚に支えられて日本国家は繁栄し世界の国々をリードした。

官僚が自ら、我が力を過信し、横暴の道を歩み始めたのは、唯一絢爛たる才能の誤謬（ごびゅう）であった。政治家は官僚が強い力を持ち始めたことに嫌悪を感じるようになった。政治家たちは、自分の政治力が官僚を自在に操れなくなったことに危機意識を感じたのである。政治家は、官僚の勢いに歯止めをかけなければと考えるようになった。

このようにして、政治家は官僚の跳梁（ちょうりょう）に対してことあるごとにブレーキをかけるようになった。着々と政治家の力を増大させ。官僚の活躍の場を削り取っていった。やがて行政を政治主導で行うようになった。官僚は政治家の顔色を伺うようになった。官僚は自己に備わった優れた能力を思う存分発揮することができなくなった。かつて巧みに政治家を利用して国政に影響力を与えていた官僚の立場が無力化していった。

政治家におもね、政治家の顔色を伺う官僚。政治家の考えを尊重し、その考えに迎合して忖度（そんたく）するようになった。政治家を守るためなら公文書の改ざんも辞さないという恐るべき走狗に成り果てた。

官界の堕落を自分の目で見てきた役人の卵、すなわちやがて花咲くであろう人材たちは役人になることに魅力を感じなくなってしまった。国家国民の繁栄と幸せに殉ずるという崇高な理想を官吏の仕事の中に見出せなくなった。こうして、官僚になることを敬遠する優れた才能たちが多くなっていった。

やがて才能の花畑に花開く蕾(つぼみ)が少なくなっていくのではないか？

あふれる才能を国家国民に捧げようという人材が少なくなっていくのではないか？

かつて華やかに咲き競った官僚の花畑が、やがて雑草のはびこる荒れ地になってしまうのではないか？

そのことを、まぎれもなく枯れた雑草の一本である私が心から嘆くのである。

地球が滅亡する？

この世に心が残る話といったところで、何億年も先の話である。

断っておくが、私は天文学の知識は皆無であるから、この気がかりは夢想の域を出ない。不勉強にして地球滅亡、人類滅亡の参考書を読んだことはない。昔、チラと接した話では、地球が滅亡するのは、四十億年とも三十億年後ともいう、まさにそれこそ天文学的数字だったように記憶している。

科学の世界は進化しつつ、倍倍の速度で研究が進むから、一億年も経つと、宇宙上のどこかに別の星を見つけて、人類大移動ということもあるのかもしれない。たとえ自然の摂理に逆らえないといったところで、世界の科学者が何億年も研究を積み重ねれば、よもや人類滅亡ということにはならないだろうと思う。科学の力で地球の外に人類永住の拠点を見つけてくれるような気がする。

心に残る話といったところで、何億年もの先の話となるといささかうんざりする。たかだか何十年かの先の日本の将来にも気がかりな話はたくさんあるのに、地球滅亡の話はあまりに非現実的な空想のような気がする。

しかし、わずか百年くらいの間に地球の温暖化は現実となっている。北極の氷が溶け出して世界の海の潮位が変わってしまったというような話は、夢物語でも空想の話でもない。現実に起きている話である。すなわち、地球が病み傷つけられているのは人類が切実に体感している現実である。

人間の暮らしが科学の力で急激に変化している。確かに便利になった。暮らしやすくなった。テレビ、エアコン、冷蔵庫などは、私の子供時代、ほんの八十年くらい前までは考えられなかったことだ。

エアコンだって六十年くらい前までは普及していなかった。書籍の編集に携わっていた私は、夏は仕事場ではステテコにランニングであった。扇風機はあったが、書類が飛ぶので使わなかった。窓を全開すれば何とかしのげる暑さだった。今はそんなことではとても暑さに耐えられない。ほんの六十年間という短い歳月で地球を取り巻く温度が変化してしまった。

今日本の全家庭に普及しているテレビだって、私の子供時代は町の電気屋など、限られた家庭にしか置いていなかった。当時、全盛を極めていた力道山のプロレスを見るために、街角の電気店の店頭に人々は群がったものだ。

しかしエアコン、テレビの電源も元をただせば地球温暖化の元凶である二酸化炭素を排出する火力発電にたどり着く。

科学の恩恵に反比例するように自然界の持っている自浄作用は年々歳々失われていく。年を重ねるごとに地球の神秘さや豊かさは破壊されていく。発達する科学の進歩は年々加速する。それに合わせて地球の損傷も大きくなる。

考えてみると倍倍に加速する科学の進歩に反比例する地球の損傷、果たして誰が計算したのか、地球は何十億年という命脈を保っていられるのか疑いたくなってくる。

トランプというアメリカの前大統領は地球の温暖化など取るに足らない現象だといって、世界の温暖化阻止の協定から脱退した。彼は、数十億年も先の地球滅亡なんか知ったことじゃないという悪しき現実主義者であった。

私は、ほんの明日のことさえも満足につかみあぐねている。私が地球滅亡に心を傷めているなんて、これはまさしく悪しきロマンチストではある。

核戦争と核軍縮

地球の滅亡は四十億年後と前述した。まさに夢のような不安にして杞憂としか思えない。しかし、世界の核戦争ということになると話は別である。

核の研究や開発は文明を促進させる一つのパワーになっているのは確かである。しかし、核の使い方を一歩間違うと、地球が滅亡する前に人類が滅亡するかもしれないのである。

私たち日本人は世界で唯一の被爆国である。広島、長崎の大都市がたった一発の核爆弾によって見るも無残に焦土と化したのである。ほんの一瞬の惨劇である。何十万人という尊い命が一瞬にして失われたのである。

今は数十年前と比較して、核爆弾の研究が格段に進歩し、その威力は何十倍も大きくなっている。極論すれば、原子爆弾数発で一国を吹き飛ばしてしまうことも可能である。

「国破れて山河あり」などと甘いことをいっているわけにはいかない。国が破れたら場合によっては山河もふるさとも祖国も壊滅してしまうかもしれないのである。この場合も、偉大な科学の力によって絶望的な人類の危機が招かれている。

聡明であるべき大国も、核開発にしのぎを削っている。その理由を敵国への抑止力と口をそろえて語っている。

北朝鮮もイランも、攻撃される恐怖がある限り、核保有国であることを大きな抑止力と考えている。

私がいつも滑稽に思うのは、核保有国の大国が、自国で核研究を推進しているのに、新興国に対して、核を保有することを許さないことだ。大国たちは、新興国に対して核研究や開発を中止するように迫っている。

饅頭を美味しく食べている大人が子供に対して饅頭を食べるのは止めなさいと迫っているようなものだ。「お父さんも食べているじゃないか！」という子供の抗議に対して「饅頭は大人は食べてもいいのだ」と答えているに等しい。

饅頭の目茶苦茶理論はともかく、北朝鮮は核の開発研究を止めようとはしない。イランも着々と核の開発に踏み切る準備をしている。

核戦争のボタンは何処の国の誰が押すのか？

《人間には知性があるから、そんなに簡単に核のボタンを押したりしない》というのが大方の考えである。しかし、過去の大戦の歴史を振り返っても、人間の愚かさが随所に傷痕のように刻まれている。

本当に私たちは人間の良識を信じていいのか？　馬鹿な人間はいないと考えて楽観していていいのか？

何時（いつ）か何処（どこ）かに馬鹿な人間がいて、うっかり核のボタンに指がふれたりしたらどうするのだ。知恵のある人だって血迷うこともある。昨日まで利口な人間が、今日この瞬間に馬鹿になったらどうするのだ。

地球が滅亡する前に人類が滅亡したらどうなるのだ。科学に毒された人間が一掃され、地球が再び美しい星になっても、そこに住む人がいなければ地球は孤独な星として輝き続けるということか……。

中国が世界の警察になる

つい数年前まで、アメリカが世界の警察だった。東西南北によからぬ国あれば進撃してとっちめ、表面的にはその国を民主国家に作り替えた。

振り返ってみると、誤認逮捕や誤認攻撃も幾つかあったが、その事実には言及しないで「アメリカさん、ありがとう」と、世界の民主国家がアメリカが地球警察であることに感謝と敬意の念を捧げてきた。

それが突如、アメリカに変わり者の大統領が現れて「アメリカファースト」などと叫び、自分の国が得しないことにはあまり関わりたくないという態度を示した。いろいろな問題を「得」か「損」かで割り切る思想を持っていたために、世界の警察というあまり金銭的に得をしない役目に力が入らなくなった。

今まで大国アメリカに匹敵するような力を持っている国は地球上に少なかった。唯一ロシアが対抗する力を持っていて、米ソは事あるごとに対立して、東西冷戦というような構図が出来上がった。

トランプさんはある意味で冷戦の状態を取り払った。得になることがあれば、今まで仲が悪かった相手とも手を握った。真偽は不明だが、大統領選ではロシアの力も借りたらしい。もっとも本人は力を借りたのではなく、力を利用したのだと答えるかもしれない。

アメリカに対抗できる国はロシアに代わって中国が台頭してきた。中国の発展はめざましい。人口の多さをプラスの要素として、経済力、科学力、軍事力を増強してきた。今や、中国はアメリカに代わって世界の警察に成り代わろうとしている。

困ったことにといってみても仕方がないことだが、中国は政治体制が民主国家とはまるで違う。主義主張を実現するために、一国独裁の強権政治で突き進んでくる。民主国家のシステムや方法論とはまるで異なる。

力は大きい。偉大な力である。金もあるし銃もある。へなへな民主国家などは足もとにひれ伏すしかない。

この中国が世界の警察になったら、気にくわない国家など片っ端から潰されてしまうかもしれない。秩序回復、人心安定、理屈は何でもつけられる。

中国は同じアジア民族なのに、今では日本人と考え方が大きく異なっている。まるで横暴な日本の戦国武将のように国盗りを仕掛けてくる。尖閣諸島だって台湾だって安心してはいられない。

中国はもともと戦(いくさ)の好きな民族だったが、同時に仁や礼節を重んずる哲学の国でもあった。いつから中国は目に余る覇権の国になってしまったのか？　そんな中国の変容ぶりに、日本はただひたすらに「韓信の股くぐり」（史記）で耐えるということか。

宰相の器と首相公選論

私は何度も記事にし、人様に吹聴してきたのだが、日本の首相の条件として「一に政治力、二に語学力、三に先見の明、四に容姿端麗」ということである。

「天は二物を与えず」というが、首相になれるような人材とはいっても、そんなにたくさんの才能を備えることは難しいかもしれない。

特に私が提言する資質の「四」の「容姿端麗」という意見は珍しいというので、酒飲み話の話題にはなる。

宰相の一つの条件である「容姿端麗」について「ハンサムだったら政治家なんかにならずに、映画俳優かホストクラブのホストになったほうが気楽に稼げる」などと不謹慎極まりないことをいう人もいる。

私は、宰相の容姿端麗を強調するのは、歴代の宰相を見てきて、他国の大統領や首相と比べて外形的に大いに見劣りしているからである。

失礼に当たるので、どの宰相が見劣りしたかなどというつもりはない。しかし、国際会議や条約締結に臨む日本の宰相が相手国の代表者を見上げている図などを見ると、あと三十センチ背が高ければ、堂々とやりあえるのにと無念の思いをかみ締めたものである。

日本民族特有の体形で、背が小さいことは恥ずべきことではないのだが、他国の背の高い相手と並んだり向かい合ったりするときに無念の思いはひとしおなのである。

過去の日本の宰相に私の条件に合う人はいなかったかといえばそんなことはない。近いところでは佐藤栄作氏とか中曽根康弘氏、妥協して小泉純一郎氏、安倍晋三氏などもいる。ただ断っておくが彼らの政治的功名についてはここでは触れないことにする。あくまでも容姿端麗という点である。

語学力も、前述した首相たちは日本人としては並みの力量を持っていた。問題は「政治力」と「先見の明」であるが、これは彼らの信奉者、反対派によって評価は分かれるに違いない。問題は国民の望む人が、必ずしも宰相になれるわけではないということだ。日本の政治形態では、派閥の政治力学に左右される。国民が歓迎していないのに突然首相が誕生する。いつも、苦々しく思いながら仕方なく国民は受け入れてきた。

昔、中曽根さんが首相公選論を述べていた。彼は国民に人気があるのに派閥力学で日本の宰相になれなかった。それで自分が首相になるための近道として「公選論」をぶちあげたのだが、そんな意見が日本の政治家たちに受け入れられるはずがない。

中曽根さんは幸いにして首相になれたが、まかり間違うと、あるいはなれなかったかもしれない。

私はアメリカの大統領選挙のように、日本においても、国民的行事としての「首相公選」も悪くないかもしれないと考えたりする。

まあ、しかしこの世の心残りというほどの話ではない。

教師像の変質を嘆く

我が拙句に《「我が師の恩」老いてもうたう春半ば》という俳句がある。今の世代の人にはなじみがないかもしれない。私たちの少年時代、七十年ほど前には、卒業式にうたう歌といえば、《蛍の光》に《仰げば尊し》であった。私は《仰げば尊し我が師の恩》の哀感のあるメロディーが好きだった。歌っていると不良少年の私を見かぎることなく、温かく導いてくれた教師の面影が浮かんでくる。

また、こんな拙句もある。《熱燗や正座で受けし師のお酌》という駄句である。恩師が「おい一杯やろう。元気にしているか」といってお銚子を差し出す。今まで酒に酔ってふにゃふにゃしていた態度を改め、座り直してお酌してもらう弟子の姿である。私たちの時代には先生を《センコウ》などと呼ぶ不届き者は一人もいなかった。ましてや先生に暴力を振ったり、教室が荒れたりするというようなことは皆無であった。私たちの少年時代は教師は神聖にして犯すべからざる存在であった。教師といえど弱き人間であるから、昔も教師の不祥事があったのだろうが、そんなニュースに接した記憶がない。

小学校時代は戦時中で、中学校は戦後だが、まだ軍国主義の名残りがくすぶっていた。少しのことで教師に殴られるなど日常茶飯事だった。教師に殴られても子供は家に帰って親に打ち明けたりしない。打ち明けようものなら「おまえはどんな悪さをしたのだ」と親に再び殴られる。各家庭も、教師の存在は絶対だったのだ。教師は絶対正しく、教師に殴られるのは子供のほうが絶対に悪いことをしたのだと親は信じていた。

「先生、がんがん殴りつけて子供の性根をたたき直してください」という親もいた。

今、教師が子供を殴ろうものなら、大変なことになる。親は黙っていない。すぐに教育委員会に訴えたり、時には警察に駆け込んだりする。親も子も教師をただのサラリーマンと考えている。私の子供時代は教師をサラリーマンなどと考えたことはなかった。教師は聖人であり、教師の仕事は聖職であった。

私は、小中高大、何処でも不承の弟子だった。勉強はせず、怪しげな本に耽溺し、酒に溺れていた。それでも、自分に悪しき思いが浮かぶと「こんな悪いことをしたら親を悲しませ、恩師に合わせる顔がない」そう考えて我が身を律した。

かつては、多くの弟子は「三尺下がって師の影を踏まず」という思いを抱いていた。師は有難い存在であり、心から敬っていた。

現代の生徒は教師をセンコウと呼び、時には先生を殴ったりする馬鹿もいる。先生は単なるサラリーマンでしかなく、保護者の両親は、教師は自分たちがスポンサーで雇っている召使いのような気持ちで接している愚か者もいる。

「出藍の誉れ」「青は藍より出でて藍より青し」この諺の何と美しいことか。今の先生たちに、目の覚めるような「藍」になってほしいと心から願わずにはいられない。

第七章

死んでゆく身の独りごと

老いの七難——悲哀の繰り言

1　容姿の劣化

私はいつも、人間の老いを朽ちていく枯れ木に譬(たと)える。ありふれた芸のない譬えで恐縮である。

寿命のきた樹木は、季節が巡ってきても葉も茂らなければ、花を咲かすことも、ましてや実をつけることなどありえない。朽ち果てた樹木はいつか倒れて土に帰るだけである。

人間が老いることと、花の咲かない老木とは理屈としては同じである。

自分の責任で枯れたわけでも、年寄りになったわけでもない。老いは自然の摂理である。生きとし生けるものに寿命を与えたのは造物主である。

時が至れば、老いさらばえて土に帰るのは樹も人も同じである。かつて樹木は生命力にあふれ、葉を茂らせ花を咲かせた。人間も同じである。人間もかつて緑の黒髪をなびかせ、朱唇も鮮やかだった。瞳も澄み、歯も白かった。老いれば髪は白髪となり、唇は色褪せ、瞳は濁り、歯は抜け落ちる。

まるで残酷な刑罰のようだが、老人は何も悪いことをしたわけではない。こうなることは万物の定めである。

生きるということは老いるということである。今この瞬間に産声をあげた赤ん坊も、その瞬間から老いに向かって一歩を踏み出すことになる。それは逆らうことのできない人間の宿命である。

人生の花も嵐も踏み越えて人は生きる。されど、その行く先は花の咲かない老いが待っている。まことにもって人間の避けることのできない悲哀である。

2　歯を失う

人間が老いを意識させられる最初は歯の不調である。歳を重ねるごとに、歯は無情にも一本、二本と抜け落ちていく。やがて入れ歯ということになる。

イギリス生活の長かった女性の友人が、入れ歯を最初に入れたのは五十代の終わりで、そのとき彼女は「ああ、これで私は恋愛はできなくなったわ」と私にいった。彼女は若いときに離婚し、恋多き独身女性であった。彼女の恋の相手はみんな外国人で恋には激しい口づけが付き物だった。「入れ歯のキスじゃ、百年の恋も冷めちゃうわ」と笑った。

歯を失う淋しさにそのような理由もあるのかと、そのときは感心したが、それは、五十代だからで、七十代、八十代になれば恋など夢のまた夢、我が身の総入れ歯もカウントダウンということになると、恋ができなくなる悲哀どころではない。固いものは噛めなくなる。したがって食生活にも影響が出てくる。入れ歯ではしゃべるのも下手になる。入れ歯をはずすと口もとの辺りにじわ〜っと老いが浮かび上がってくる。歯を失う我が身に、見るも無残な老いを感じるのである。

3　目の弱り

歯の次に老いを意識させられるのは目の不調である。

私は目は若いときから近視と乱視で、高校一年から眼鏡の世話になっている。加えて中心性網膜炎という眼病を患い右目の視力はいちじるしく低下している。

老いによる目の不調を感じたのは五十代に入ってからだが、そのときは新聞のような小さな文字は眼鏡をはずすとよく見えた。老眼鏡要らずで、内心、老化も悪くないなと感じたりしていたのだが、七十代、八十代に入ると、小さな文字は拡大鏡がなければ読めなくなった。眼鏡をはずせば小さな文字が読めるという便利な老化はやがて通用しなくなった。

パソコン、ワープロの文字は何とか読むことができた。しかし急に視力が低下したことを不審に思って眼科医に診断してもらったら白内障が相当に進行しているといわれた。白内障はまさに老人の眼病である。手術は簡単だが、遠くが見えるようになったら、老眼が一挙に進んだような気がする。仕方なく眼鏡一式を新調した。

老人の身体的悩みは、老いの加速を実感させてくれる。身体的老化は現代医学でも元に戻すことはできない。代わって入れ歯とか眼鏡という現代器具のおかげで老いの身を支えてもらっている。もし江戸時代に生まれていたらと思うと愕然とするが、考えてみると江戸時代だったら、私はおそらく四十代で命を失っていたであろうから、入れ歯も眼鏡も必要がなかったということになる。

4　難聴の悲哀

耳が遠くなったのを意識し始めたのは六十代の終わり頃だった。呼びかけられているのに、気がつかなかったり、意識しないでテレビのボリュームを上げていた。老いても耳のいい妻にテレビの音が高すぎることを指摘されて、初めて自分が耳が遠くなったことに気がついた。そのときは淋しい思いが胸の奥を走り抜けた。

昔、耳の遠い人と話すときはいらいらしたものだ。こちらは大きな声で話していても、何度も「えっ？」「えっ？」と訊き返される。そのうちにその人と話すのをいつからか敬遠するようになった。このような思いを自分も他人に与えているのだろうか……と考えると、心から憂鬱になる。

難聴というのは、大きな声で話してもらえば聞こえるというものでもない。どんなに高い声でも聞き取りにくい声質というものがある。

相手は相当に高い声で話しているのだが、それでも聞き取りにくいのである。相手はこっちが聞こえないと思ってますます高い声で語りかけてくる。こちらはますます聞き取りにくくなっている。

難聴の人には聞き取りやすい声と聞き取りにくい声がある。低い声でも明瞭に聞き取れる声もある。総じて聞き取り易いのはテレビ、ラジオのアナウンサーの声である。さすが話のプロである。

放映されるドラマの声が聞き取りにくいこともある。これは無念で切ない。ドラマであるから通常の日常会話の音声である。舞台の上で演ずるドラマなら、観客に通る声も演技力の一つだが、テレビドラマは通常の音声であり、俳優の声の質によっては聞き取りにくい人もいる。

テレビドラマの話はともかく、耳の遠い人は、日常生活での会話も苦手である。相手に何度も訊き返すのは悪いと思い、結局会話は中途半端になってしまう。聞き取れない場合には意味も解らずに「そうですね」などと笑いながらうなずいてしまう。話の内容によっては相手が怪訝(けげん)に思うこともある。そこでの答えは「そうですね」ではなく、また笑ってうなずく場面ではない。相手が怪訝な顔をするので「しまった」と思うのである。

ああ、しかし、難聴も自らの責任でなったわけではない。歳老いたための肉体の劣化である。耳が聞こえなくなったのも歳老いて味わう悲哀の一つである。

5　転倒の不安

老齢が深まるにつれ、足腰が弱くなるのは仕方がない。だが、突然転んでしまうのは困るというより不安である。

突然何の理由もなく転ぶことがある。理由はあるのだろうが、本人は転んだ理由が納得できないのである。つまずいたと思っているわけではない。突然、あれよあれよと思う間もなく、無様に転倒しているのである。

八十歳過ぎて、そんな転び方をしたことが三度ある。一度目は人と話しながら歩いていて、段差のある歩道で転んでしまった。転んだのは段差が理由なのだろうが、本人は段差に気がついているのに足がもつれたのである。段差の所為（せい）というにはあまりにも我が身がふがいないのである。

二度目は平坦な絨毯（じゅうたん）の上で、あれよあれよという間もなくつんのめって転んだ。何の障害物もないのに転んだのである。絨毯の滑りの悪い絨毛に足を取られたのである。小さな絨毛に足を取られたというのでは何とも悲しいかぎりである。

三度目は歩いていて足がもつれたのである。走ってくる車を避けようとして、砂利道に足がもつれたのである。このときも自分の転んだ理由に納得ができなかった。

以上の話は、本人が転んだ理由が納得できないまま転倒した話で、れっきとした原因がある転倒はしばしば経験している。しかし理由のある転倒にしろ、若いときなら転ばなかったかもしれないのに歳老いてしまったために、咄嗟の運動神経が働かなかったのである。同年輩の年寄りが転んで怪我をした話は頻繁に聞かされる。年寄りの転倒は実際に怖い話である。転んだことがきっかけで、寝たきりになり、それが認知症の引き金になったり、寝たきりになってついに社会復帰のかなわない人もいた。年寄りには七転び八起きはない。転んだらもうそこでお仕舞いである。

6　食が細くなる

若いときと違って歳を取るにしたがって食が細くなる。私は七十代まで、年寄りにしては健啖家（けんたんか）だと知人友人に感心されていた。同じく健啖家の友人と二人で焼肉六人前（一人三人前）などは朝飯前だった。

ところが歳を重ねるごとに日々に食が細くなっている。これは私だけではなく、周囲を見回してみても、同年輩ではほとんどが食が細くなっている。グルメについても昔ほど執着しなくなったような気がする。

食は当然ながら生命力と関係している。伸び盛り、働き盛りでは食のエネルギーが大量に必要である。それに比して、生命力が枯渇していく老人は物を食べなくなる。終末を迎えた病人などを見ていると最期には食を求めなくなる。生命の火を掻き立てる必要がなくなったのだから物を食べなくなるのも当然である。

私は食が細くなること自体をそれほど悲しんではいないが、自分の生命力が弱くなってきたことは淋しく思う。食が細くなるというのはやはり老化を表す一つのバロメーターだからである。

昔からの知人、友人たちとの食事の思い出を振り返ってみても、食に淡白の人が早世している気がする。もっとも、大食漢なのに心臓マヒや脳梗塞で早死にした者もいるが、やはり食に冷淡だった人は何となく生命力が燃えつきるように亡くなっている。生命力ということを考えると、やはり食の細さは老人の七難の一つといえる気がする。

7　脳力気力の劣化

物忘れ、記憶力の低下、認知症は老人になると多くの人に現れる兆候である。肉体の劣化は当然のことだが、頭脳の劣化も老人の大きな悲哀である。頭脳も肉体の一部だから劣化は避けられない現象なのかもしれない。

人によって劣化の現れ方はさまざまである。強く現れる人、弱く現れる人、症状の進行速度の早い人、遅い人などがあるが、いずれ老人は多かれ少なかれだれもがその悲哀を味わうことになる。

私は愚にもつかないことを考えたり書いたりしているおかげで、ボケは同年輩の老人と比べるとやや少ない気がする。しかし、突然人の名前が出てこなかったりすることは四六時中である。

暗記することも苦手になった。歳老いたら暗記しようなどと考えないほうがいい。私は忘れては困ることはすぐにメモをしていつも目につく所に置いておく。メモは玄関に置いておくのがいい。玄関を出てから忘れていたことに気がつくことが多いから、玄関に備忘メモを置いておくのは理にかなっている。これでずいぶん忘れ物が少なくなっている。

物忘れは歳なんだから仕方がないと開き直れるが、気力の衰えは救いようがない。十年前なら、どうということもなくできたことが、いざとなると今は気力が湧いてこない。そんなにムキにならずに、できることをやればいいと自分を慰めるのだが、結局しなければならないことを先延ばしにして、実行せずに終わってしまったことはたくさんある。

気力の衰えは、これも生命力に微妙に関係があるのかもしれない。歳老いるにしたがい、身内から湧き上がる闘志がなくなってしまった。

侘しいかぎりである。

老いの七楽

一つ――老いて心騒がず

若いときは、いつも悩みを抱え、いつも何かに怒って暮らしていた。悩みと怒りで私の心は休息することがなかった。いつも何かに煩悶し、自分の懊悩に疲れ果てていた。

悩み苦しむことは青春の特権でもあり、苦しむことが生きることの証でもあった。

青春時代は悩みのない人生は考えられなかった。ところが青春の煩悶を通りすぎても、悩みは幾つになっても付いて廻った。

悩みというのはピュアで清冽な悩みだけではない。金がないとか、上司が憎いとか、会社の経営方針が気にくわないとか、出世をしたいのにできないなどという、まことに世俗的で醜悪な悩みだってある。若い時代、生産社会で生きているかぎり悩みは何処までもつきまとってくる。

金がない悩みは金がない間は消えることはない。憎い上司にこき使われる苦しさは、職場を変わらない限り解決されない。

会社が変わって、上司の嫌悪から解き放たれたとしても、出世したいという悩みからは逃れられないかもしれない。

私が悩みのるつぼから解き放たれたのは老いの真っ只中に入ってからである。まさに八十歳に足を踏み入れてからである。八十歳過ぎると、あんなに若いときに自分を苦しめた悩みの数々が嘘のように消えてしまった。少々のことで心がざわつくことがなくなった。

第一、金の悩みなんか八十過ぎると嘘のように拭い去られる。なぜなら、八十歳過ぎると、金の使い道がなくなってしまう。いい背広を買っても着ていくところがない。美味しい物を食べたいと思っても、改まった場所に出かけることを考えるとその気も失せてくる。実際に老いが深まれば、金は宝の持ち腐れのようなものだ。八十歳過ぎた年寄りが、当然のことだが出世したいと考えるはずがない。私には老いが深まって悩みの火種がなくなってしまったのだ。

心が波立たないということ、これは考えようによっては年寄りの快楽の一つである。いつも静かな気持ちでいられるのは有難いことだ。

しかしこんなことをいっていられるのは、私が衣食に不自由がないからかもしれない。八十歳過ぎて明日食う米がなかったら、これは深刻な悩みに違いない。その人のことを思うと、気の毒で、それが私の悩みの種になるのはご免こうむりたい。

二つ——老いて妬(ねた)まず羨(うらや)まず

出世にも、名声にも、栄光にも無縁になってしまった老人。私の周辺を見回せば、人生のライバルは一人もいなくなってしまった。

何かの目標に向かっていたときは、自分の周辺にはライバルや敵(かな)わない敵(てき)、羨望すべき相手がごろごろしていた。自分の惨めさを糊塗(こと)するために、いかにも小事に無縁というような顔をして恬淡(てんたん)を装っていた。

自分を理解してくれる人に好意をいだき、自分に批判的な人に対しては内心拒絶の思いを秘めていた。自分の心をコントロールして、自分の妬む心や他人を羨む心の苦しみから少しでも逃れようとした。

私は自分より勝れた人を妬み、自分より恵まれた人を羨んだ。その心が向上心やよき闘志のエネルギーとなることもあったが、それにも増して嫉妬や羨望は大きな苦しみを私に与えた。逃れたくても逃れられない苦しみだった。

今歳老いて、自分の廻りに目を凝らしてみれば、もはやライバルもいなければ、羨むべき人も一人としていない。自分から闘争心が失われてしまったことはまことに淋しいことではあるが、心の安らかさは何物にも代えがたい。

今、素人俳句を少々たしなんでいる。僭越にも浅学非才の身で講師などを引き受けているが、仲間たちの句を選句している折に、私の羨むような名句に出くわすことがある。このようなとき、おそらく昔なら嫉妬を感じたに違いないと我が身を振り返る。今は、ただ嬉しさのみの余韻にひたる。このような俳句と出会えたこと、このような仲間を持つことの嬉しさが湧き上がってくる。「この句には私もかないません」と素直に脱帽する。脱帽した自分の心の静けさを確認して、それもまたよきかなと嬉しさがこみ上げてくる。

昔、小説家志望の編集長がいた。この人に可愛がられて幾つかの小説を指導してもらったのだが、私がよい小説を書くと機嫌が悪くなることがあった。《小説を褒めてくれているのに何で機嫌が悪いんだろう?》と私は首を傾げたものである。ある日、私はその編集長が私の小説の出来映えに嫉妬していたのではないかと考えた。なぜなら、私自身にも似たような心の動きを感じることがあったからだ。

それは取るに足らない妬みであるが、今はそのような小さな心の動きすらなくなった。ただ心静かなのである。このような心ばえを老いの無気力と思いたくない。妬み、羨望の心の消失で心静かな晩年を過ごすことができることを喜んでいるのである。

三つ——老いて怒らず

日常生活においては少しのことで怒ることもある。自分に対して怒ることもあるのだから、他のことで腹を立てたりすることはある。しかし、子細に眺めてみると、どれもこれも取るに足らない小さな怒りである。

怒りの感情というのは、自分ながら厄介な心の動きだと思う。例えば、私は妻が立てかけていた杖に躓（つまず）いて転んだことがある。「こんな通り道に杖を立てかけておくなんて、危ないじゃないか」と少し、声を荒げたことがある。このような小さな怒りは日常生活の折々に感ずることはある。

並んで順番を待っているときに、後からきて割り込んだりする人がいると怒りを感ずることもある。

時の為政者の政策があまりにいい加減であったり、国民を愚弄しているように見えたりするときなど、ふと怒りを覚えたりする。

残念なことに、年を取ると小さな怒りは長い時間は持続しない。年寄りが社会の第一線に立てないのは、体力、健康の点からだけではなく、怒りが持続しないということもあるのかもしれない。怒りのエネルギーは、革命の導火線になったり、アラブの春のきっかけになったりする。ところが、年寄りは怒っても、その怒りを持続できないのだから、社会を健全にしようとか、よりよい国に作りかえようという起爆剤になることはありえない。これでは社会の第一線で旗振りの役目は果たせなくなる。

前述の杖の怒りにしても《妻だって私を転倒させるために杖を立てておいたわけでもあるまい。声を荒げて妻を悲しませたことは悪かったな》と反省してしまう。並んでいる列に割り込んだ人に対しても《もともとは非常識な悪い人でもなかったのかもしれない。きっとその時は急いでいたのだろう》と考えてしまう。

あまり好きな言葉ではないが、自分は本当に好好爺になってしまったのかもしれないと思うことがある。しかし、これは本当は喜ばしいことではない。人間は喜ぶ時には喜び、怒るべきときには怒るのが素直な感情表現である。喜怒哀楽の感情がいびつになるのは、やはり老化のためといわざるをえない。

それを承知で私はいうわけだが、年寄りになって怒らなくなったことは、心の健康には非常にいいのではないかと考えている。暮らしやすい。生きやすい。平安である。若いときには怒りに震えて眠れないということもあったが、いまはそんなこともない。

歳を重ねるにしたがって、人に対して許しの気持ちが出てきて、心がざわつくことがなくなった。これが悟りの結果なら立派だが、私は悟りを開くほど真剣に考えたり、自分と向かい合ったことはない。怒らなくなったのは単なる老化のためだと思う。

しかし、私は自分が喜怒哀楽に鈍感になったとも思えない。悲しい話、感動的な話にはすぐに涙がこぼれてくる。感動するということは楽しいし、悲しい話には、年相応にそれなりに抵抗力が付いてきた気がするが、嬉し泣き、感動には弱くなった。

何はともあれ、怒りの感情に翻弄されなくなったことは、老いの気楽さの一つである。

四つ――老いて煩悩の枯渇するを喜ぶ

煩悩は死ぬまで人間から抜け落ちることはない。しかし、その煩悩も年と共に力を失い、枯渇してくるのは間違いない。

考えれば当然のことで、煩悩と生命力は表裏一体であるのは間違いない。子を生み育てようという生命力と色欲の煩悩は裏表である。

一つの考え方として、正道を生きることは煩悩を克服することでもあった。仏教徒の悟りの一つが煩悩の克服であることはそのことを証明している。悟りを開くために、仏教は煩悩を克服せよと教えている。

煩悩の克服なんて並みの人間にできることではない。我が身を振り返って見るに、若いときは煩悩にまみれた生活を送ってきた。極論すれば、酒にまみれた煩悩の生涯であった。私が煩悩に翻弄されて悪の道に迷い込まなかったのは、小心者にして、偽善的道徳者であり、煩悩と心中する勇気がなかったためだ。

ここで、くどくどと煩悩の数を拾いあげてもしかたがないが、煩悩とは、人間の生きる力ともなりえるし、人間を堕落させる元凶ともなりえる心身の悩みのことである。人間を苦しめる煩悩の数は百八であり、除夜の鐘はその煩悩を鎮めるために百八回打ち鳴らされると伝えられている。百八も煩悩があるのだから、並みの人間ではとても、死ぬまで煩悩から逃れられたものではない。煩悩と共に生き、煩悩と共に死ぬというのが並みの人間の宿命であろうと思う。

しかし、前述したように、煩悩は生命力と裏表なのだから、年老いてきて生命力が枯渇してくれば、煩悩が小さくなっていくのは当然のことだ。

淋しいことだが、煩悩の苦悩から解き放たれたということは有難いことである。心は平静である。

酒池肉林にまみれたいのは明らかに煩悩であるが、そんな思いはもはや枯れ果ててしまった。八十歳の友人に、いまだ色欲の煩悩から抜け出せない哀れな妄徒もいるが、これは多分に煩悩に苦しんでいることを吹聴することで、自分が生命力にみなぎっていることを主張したいのだろうと推測している。

私は酒好きであるが、明らかに歳と共に酒量は減ってきた。呑めば呑めそうな気もするが、体はそれほど求めていないのに、あえて酒盃を重ねようとは思わない。明らかに煩悩が枯渇してきたのである。まずは悲しむべし、そして喜ぶべし。

五つ――老いて「知る」を楽しむべし

「知るを楽しむ」というのは「知識欲を持て」ということである。

歳を取ると目が悪くなるし書物を読むのも難儀になってくる。それなのに幾つになっても知識欲旺盛な人がいる。

私などは仕事のために、十年くらい前までは同年輩の人と比べて新しい知識を吸収していたと思うが、八十歳を過ぎた今、その意欲が半減しているのを覚える。

例えば旅に出ることも、未知なるものに出会いたいという前向きな姿勢である。しかし、年々歳々、遠出が億劫になり不安になる。歳と共に好奇心が衰える。これは仕方がないともいえるのだが、これは知ることの楽しみを自ら放棄していることになる。

老いることはある意味で捨てることではあるが、老いてこそ求めなければならないものもある。それが「知ること」である。

私の周囲には、老いてから読書に目覚めたという人もいる。その人は若いときは仕事が忙しくて、とても読書どころではなかった。しかし、仕事を離れた空虚感を満たすために読書に触れてみると、その面白さにはまってしまったというのである。読書の傾向は統一されてはいない。探偵小説、歴史書、伝記、随筆、実用書とばらばらであるが、明らかに「知るは楽しみ」であることに目覚めているといえる。

旅の虜(とりこ)になった人もいる。どうせあの世に蓄えを持っていくわけにいかないからといって、時間と資金の許すかぎり国内、海外の旅に出かけて見聞を広めているのである。

第一線を退いた老人には、時間だけは平等に、また贅沢に与えられている。その時間をただ無為に浪費してしまうのは少し惜しい気がする。

この世を老いた目で、もう一度好奇心の目で眺めていただきたい。思いがけないことに気がついたり発見したりする。そこで新しい出会いの意味を考えたり知ったりすることで、老いのひとときが充実したものに変わることがある。

私も関わっている「百歳志塾」という老人向けのカルチャースクールがある。早いもので、三周年を迎えるが、毎回、四十名前後の受講生がいる。知ることを求めて集う老人のいることを私はいつも心強く感じている。何か一つ新しいことを知れば、それは短い余生を照らす小さい灯（ともしび）となるのである。

六つ――老いて昔の追憶に遊ぶ

老人は遠い未来を展望して今を生きるということは少ないはずだ。むしろ老いの身には昔を振り返ることが多い。追憶に遊ぶというのは、実際に老いの楽しみの一つである。

常識的には、確かに過去に生きるということは見上げた心根とはいえない。若い人には有害な生き方である。しかし老人の楽しみとしてはそれが許される。

人によっては、昔など思い出したくもないという人もいる。それも理解できる。そんな人は気の毒で、そういう人にかける慰めの言葉もない。

しかし、振り返れば、過去の楽しかった思い出の一つや二つはだれにだってあるだろうと思う。それに過去といっても二十年、三十年の昔でなくてもいい。三ヵ月でも一年前でもいい。楽しかった思い出はきっとあるはずだ。特に、拙著を手に取ってみようという人なら、きっと懐かしい思い出を持っているはずだ

私は落語に出てくる「熊さん」「八つぁん」のような、無知、素っ頓狂な名も無き文章職人である。このような世俗に遊ぶ年寄りの寝言を聞いてみようという人に、遠い追憶に冷淡・非情という人はいないはずだ。

思えば、過去は深い悔恨の巣窟(そうくつ)である。だが、枯れ草のような悔恨に埋もれて、可憐な追憶の花が咲いていることもある。その愛しい追憶を胸に描いて郷愁の中に遊んでみようということである。

年寄りは明日のことに胸を踊らせるよりも、過ぎ去った追憶の中で心安らかに遊んでいるほうが似つかわしいのだ。似つかわしいというより、そのほうが心が安んずるのである。老いの生きやすさ気楽さの中に、過ぎ去った昔の郷愁に遊ぶという生き方も含まれている。

幼児のころ、親が生きていたころ、兄弟と身を寄せて眠ったあの日、ただ遊び惚けていたころ、人にいじめられた悲しみ、人をいじめた悔恨、初恋のころ、受験に失敗したころ、合格した日の歓喜、愛する人に抱かれた恍惚、愛する人を抱いたあ

の日、友との出会いと別れ、住み慣れた町、公園のベンチに腰かけて独り物思いに耽った追憶、町を捨てる日の寂寥……、思い出は掘れども掘れども泉のように湧き出してくる。

その泉を貪るように、飲み尽くすように追憶を堪能するのである。それこそが老いの束の間の愉悦である。追憶もまた、老人に与えられた楽しみの一つだ。

前向きに生きることだけが老いの生き方ではない。未来の失われた老人の身は哀しい。心によみがえらせる追憶だって考えようによっては空しいのだが、老人の楽しみの一つであることは間違いがない。

七つ――死を恐れぬ心で生きる

死を恐れない心で日々生きることは確かに老いの楽しみの一つである。死を恐れつつ生きなければならない老いは残酷である。

私は昔、死刑囚の取材をしたことがある。彼らは毎日が死の恐怖との戦いである。彼らは死を恐れない心境で死んでいきたいと心から願っているのだが、それは果たされることはない。その中の何人かの死刑囚は死の恐怖を超越したと、物の本に書いているが、私は直接にはその事実を確認したことはない。

人の世のならいとしては、死は恐ろしく不気味なものである。願わくば長生きしたいと多くの人は考えている。

私だって十年くらい前までは、死を恐ろしいもの、忌むべきものとして考えていた。しかし、あれから十年、私は予想以上に生き長らえたと考えている。

「人間の生涯は死刑囚と同じ」といわれている。どんな人間も、病で死なないにしろ、いずれ自然の摂理で死ぬことが定められているからである。確かに考えようによっては死刑囚と同じだといえないこともない。

ただだれもが、自分の死は遠い未来のことだと考えている。だから、死刑囚のように死の恐怖を感じないで生きている。

私は七十七歳の七月に伊豆半島にある自立型老人ホームに入居した。入居のときは五年ぐらい生きられればいいかなと考えていた。豈（あに）はからんや、八十五歳まで生き延びた。昔、私は六十歳ぐらいのころ、七十歳まで生きられたら大満足と考えていた。何しろ、深酒、夜更かし、ヘビースモーカーで、不摂生な生活をくり返していた。これで長生きするはずがないと覚悟していた。煙草の吸いすぎで気管支喘息になったが、薬のおかげで発作も数回で止り、この二十数年は発作が一度も起きていない。気がついてみるとまさに終着駅である。

自分の短命は昔から覚悟していたはずなのに、後期高齢者になったときは、この歳まで生きられた我が身に信じられない思いだった。

それが今や、後期高齢者どころか、八十五歳の終期高齢者（筆者命名）まで生き長らえたのである。

いつも死を覚悟していたのに、こんなに長生きできたのだから、死に恐怖を感じるわけがない。いよいよわが死期の迫りくるのを耳を澄まして待っているのである。死を恐れない心境はこれはこれで、老いの楽しみの一つといっていい。

七難と七楽のバランスで生きる

老いの七難を考えると生きるのが辛くなってしまう。しかし、老いに七楽があることを考えると、何とか生きていかれるのではないかと思ったりもする。

若いときだって苦しみもあったし楽しみもあった。楽しみの多い時間を過ごしたこともあれば、苦しいことばかり続いた時期もある。

林芙美子は小説「放浪記」の扉に《花の命は短くて苦しみことの多かりき》と記した。花が咲くというのは歓喜のはずだが、林芙美子にとって花は咲いても、苦しみのほうが多かったのである。

我々老人は花咲く樹ではなくて枯れ木である。まさに《枯れ木の命は短くて苦も楽しみもありにけり》ということになる。老人は花の咲かない枯れ木なのだから、苦しみのほうが断然多いはずだが、それでも少しは楽しいこともあるのだ。

いうならば、七難あるゆえの七楽である。すなわち苦あれば楽ありというわけだ。苦歳をとったことは悲哀だが、どうにもならないことを嘆いてみても始まらない。苦の中に小さな「楽」をみつけようとする心も、これまた人間の知恵の一つである。

苦あれば楽ありなどと、確かに言葉でいえば簡単であるが、なかなかそのように生きることができないのも人間の弱さであり愚かなところだ。

七難と七楽のバランスの上で生きる老人にとって大切なのは「感謝」の心である。これもありふれた感慨であるが、ありふれたことの中にこそ真実があるという証左でもあるのだ。感謝というのは説明するまでもなく「有難く思う心」である。森羅万象に対して「有り難う」といって手を合わせることが「感謝の心」である。基本的な心は、この世に生かさせてもらったことへの感謝の思いである。その基本的な感謝の思いをベースにして、さまざまな感謝の思いへと連動していく。降りそそぐ光、美しき物への感動、人と人の出会い、安らぎのひととき、全てが感謝の対象である。

ある宗教家に昔、インタビューをしたことがある。彼が宗教に目覚めたのは、ある平原で接した落日の美しさだったという。

大平原に沈んでいく落日の雄大さと美しさに、彼は思わず大地にひざまずいて祈ったという。その思いは今ここに自分が生きていることの感動でもあったのである。そしてそれは自分を生かしてくれているものへの感謝の思いへと変わっていった。

私は「七難」「七楽」の原稿を書いていて、数十年前のこの僧侶の言葉を思い出したのである。その僧侶の口癖はことあるごとに「有難いのう」であった。

「有難い」という思いこそが「七難と七楽」の思いをつなぐ接着剤だということに私は気がついたのである。

祈りの対象は宗教でなくてもいい。キリストや釈迦でなくてもいい。祈りの対象は「大自然の営み」。それだけでいいのである。

また、祈りの対象はシャガールの絵でもゴッホの絵でもいい。あえて芸術作品でなくてもいい。咲き乱れる桜の美しさでもいい。対象が美しければ、それだけで有難いのである。その美しさを今ここで、享受できる我が身が有難いのである。

無常の世である故に、この一瞬が有難いのである。

ガンの思考錯誤――闘うか共存か

令和三年一月、精密検査で大腸ガンの告知を受けた。正直な感想として「やはりそうであったか。これで年貢の納めどきだな」という思いだった。

ガンの告知はそれほどショックもなかったし、あまり動揺もなかった。本書の執筆中だったので、早く原稿を書き上げなければならないなという思いが心の縁(へり)をよぎった。その程度の感慨であった。

若いときから多数のガン患者の取材をしたり、ガンについての原稿を執筆していたので、ガンに対しては私なりの考え方が出来上がっていた。それで割に静かな気持ちで医師の宣告を受け止めることができた。もちろんそれだけではない。私がガンに対して平静でいられるのは八十五歳という年齢のためでもある。ガンにならなくても、その他の病気で早晩亡くなるかもしれない年齢である。また、ここが大切なところだが、私は中高年の頃から、八十五歳まで長生きができるなんて考えてもいなかった。

　オーバーに表現するなら、太く短く生きるのが私の人生の向かい合い方であった。少々体に悪いことでも、今が楽しければいいという考えだった。好きなことをして生きるというのが私の人生態度だった。キリギリスのごとく楽しく歌い暮らして生涯を終えてもいいという考え方だった。

　酒、煙草、夜更かしといった不摂生な生活で何十年となく暮らしてきた。これでもっと長生きさせてくれというのでは神様に申しわけない。そう思って短命覚悟で生きてきたのに、あれよあれよと思う間もなく後期高齢者となり、そして日本人の男子の平均寿命を生き切った。これでまだ長生きしたいというのは、ずいぶんと欲張りな考えである。

　八十歳過ぎてからのガンの宣告は、人間に対して「そろそろ旅立ちの準備をしなさい」という神のお告げだと考えている。

生老病死は世のならいであるが、八十歳過ぎてガンを宣告されるのは、老人に与えられた人生の引退勧告ではないだろうか。なぜなら老人になるとガンを発症する人が増える。これは客観的事実である。

確かに老人になると、ガンに限らず、諸々(もろもろ)の病気にかかりやすくなる。免疫力、自然治癒力が低下してくるのだから当然のことである。多くの老人は病と闘いながら生きているのが現実である。私もその例に漏れるものではない。ところが私の場合、他の病気では、医学の恩恵を受けて助けられた。おかげでこの歳まで生き長らえた。「それならお前はいよいよガンを与える。心してこの世を終えよ」神によって老いの終わりを告げられるのがガンである。

病気は運命というのが私の持論だが、ガンもまた運命である。若くして悲運にもガンを与えられる人もいるが、歳老いて、生命の終わりとしてガンにかかる人もいる。歳老いてのガン患者は自分の運命と冷静に向き合うチャンスが与えられたのだ。「ガンと闘うな」と叫び続けている医師もいる。近藤誠医師である。近藤医師の語っている趣旨は、ガンの切除や抗ガン剤治療は（血液ガンなどの一部を除いては）無意味にして有害である。したがってガン治療の95％は間違いだと述べている。

実をいうと私は四十年くらい前からガンの手術に疑問を抱いていた。本書の二章でも述べているが、昔、仕事でガン患者の追跡取材をしたことがあり、その時に感じた素朴な疑問である。取材したのは手術した患者、手術しないで放置している患者の二つのグループである。

細部についてはデータは紛失し、記憶も曖昧だが、かすかに残っている記憶では、手術した患者が次々にガンが再発して亡くなったことである。手術しない患者も結果的に亡くなったはずだが、その時私の心に刻まれた思いは、手術してもしなくても結局は同じではないかということだった。

手術しない患者は少なくとも、死の三ヵ月くらい前まで、元気で私の取材に応じた気がする。それに比して手術した患者は、生き長らえても、絶えず病気がちで、生活の質が著しく低下していたように記憶している。この事実を目の当りにして、私は心の底にガンは手術をしないほうがいいのではないかと、漠然と考えるようになっていた。しかし、何分にも医学的知識がない私には、このことを公言することはためらわれた。知人の医師に酒席などでこの感想を述べても、まともに話の相手にしてもらえなかった。何しろ当時はガンは早期発見、早期手術の全盛時代だった。

私のガン治療に対しての疑問など、一笑に付されるか、場合によったら医学を恐れぬ大馬鹿者と非難されたかもしれない。

ところがそれから二十年後くらいになって、近藤医師の執筆した「ガン治療は間違いだ」という書籍に接し、私の漠然とした疑問が医学的に解消された。

近藤医師の書籍によれば外科医の間では、手術が再発を促すということは古くから知られていたということだ。また、手術がガンの再発を促すという医学的論文が世界中の医学雑誌でしばしば紹介されていたというのだから、私が数十年前に医者の知人に質問したとき、彼らは知っていて、私にはまともに答えなかったふしがある。

私は昔から胸の奥に密かに温めていた仮説がある。人間というのは、だれもがガンになる因子を持っていて、それが生涯現れることなく終末を迎える人と、何かのきっかけ（生理的刺激）で、突然活動し始めるというケースがあるということだ。仮説といったところで学問的論拠が背景にあっての仮説ではない。私の場合は「直感的妄想仮説」である。

私がいう「ちょっとした刺激」の中に「ガンの手術」があるということだ。手術で再発するガンに対して、私は「ガン細胞の反乱」と名づけていた。

近藤医師の説によれば、血液の中にあるガン細胞が、メスの入った場所に血液とともに流れ出て増殖するということである。再発の原因として体の何処かに転移が潜んでいるという前提があり、転移がない場合は再発の現象が起きないということである。

私は医学無知の空論として、人間には今まさに活躍を始めようとしているガン細胞をだれもが持っていて、何処かのガン細胞を切除することで、ガンは突然狼煙（のろし）を上げるのである。それを合図に体内深く潜んでいたガン細胞が我も我もと参戦するのである。肉体はあたかも戦場の如く無残に踏みにじられる。人体のそこかしこがガンの跳梁によって傷つけられ、無残な戦いの跡を残して敗北するのである。この妄想仮説は、ガンの早期発見、早期治療という医学の常識に真っ向から対立することになる。この私の考え方は、全ての人にガンの転移の可能性が潜んでいるという前提になるわけだ。

全ての人のことはともかく、私自身は、おそらく私の体の中にはすでに転移細胞が何ヵ所かに息を殺して待っていると考えている。私が大腸ガンの手術をすれば、待ってましたとばかりに転移細胞が暴れだすだろうと考えているわけである。こんな考え方を何十年となく抱いていた私が、手術に二の足を踏むのは当然のことである。

私は二十年ほど前に潜血検査で陽性といわれ、精密検査をすすめられたが、忙しさと怖さから放置したまま、酒を呑み歩いていたが、何ともなく今まで生きてきた。しかし、あのときの陽性は本物で、あのとき精密検査を受ければ、私はガンが発見され、手術を受けたかもしれない。そのガンが二十年かかって、やっと大きくなって、今発見されたのではないだろうか？　などとありえないことを妄想している。

近藤医師にいわせると、ガンもどきガンは放っておいてもそれほど大きくなるものではないらしい。まあ、しかし二十年というのは近藤医師も書いていない。

私の場合は、過去の見聞からいっても、また私の歳を考えても手術という選択肢は間違いだと思うのだが、私の周囲の人はほとんどの人は手術をすすめる。

多くの人が、ガンに対する先入観を強烈にもっているのには驚く。ほとんどの人は手術をすすめる。手術こそがガンを克服する道だと考えている。累計二百万部くらい売れている近藤医師の著書があるのにもかかわらず、多くの人はガンと闘えといっている。人は私に対して、手術をしてもっと生きろというのだ。それは私に対する人々の愛であり、温かい思いやりである。

八十歳過ぎてのガンは天の寿命の予告だと私は思うのだが、世間ではガンはやはり業病、すなわち死の病と考えている人が多いのである。

大病院の私の担当医も「できれば手術したほうがいいと思います」という。もう一人の医師は「菅野さんの手術後の体力が予測つかないので、あなたの考え方もありだと思いますが、できれば手術をすすめます」と語る。老人ホームの掛かり付け医も「あなたのガンは腸閉塞になる危険をはらんでいます。この後に現れてくる体調の不振を考えると、手術で取り除いておいたほうがいいかもしれない」と語る。知人の医師も「手術なんか簡単だよ。さっさと取ったほうがいいよ」とけしかけるのである。まさに、周囲は「手術手術」の大合唱である。

周囲の人、昔からの親しい友人にも手術が是か非か訊いてみた。十三人のうち九人が手術すべきだという意見である。

妻と娘は意見をいわない。私のガンに向かい合う姿勢に対して、はっきりとした意思表示は示さない。妻と娘は私の性格を熟知しているので、いっても無駄だと思っているのかもしれない。訊いた人の中に私より歳上の人が一人もいない。私の歳に近い人で八十三歳である。その人は私に「意地を張るな」といった。ガンの手術に意地なんか張っているつもりはさらさらない。私の話を訊いた人たちは「ガンには手術が一番」と素朴に考えている。みんなは手術さえすれば私が助かると考えているのだ。

私が話を訊いた人たちは、私より年下の人たちばかりである。そのためだろうか、人生の終わりについて深く考えているようには思えなかった。それで「手術、手術が一番」と騒ぎ立てるのだ。

みんなは幾つまで生きたいと思っているのか不明である。私は今、八十五歳だ。令和三年五月には八十六歳になる。手術して九十歳まで生きろというのだろうか。

私の高校時代の友、TもYもすでに亡くなった。親しくつき合っていた先輩の物書きKさんも八十五歳で亡くなった。高校時代の先輩にして、物書きの先輩でもあったKMさんも八十半ばで亡くなった。出版界の先輩MYさんも八十四歳で亡くなった。後輩の編集者Hも、テレビリポーターのNも亡くなった。恩師もすでにこの世にはいない。

すでに私の人生は終わったのだ。私にとって恋も革命も下天(げてん)の夢である。

ガンの手術によって私が九十歳まで生きることに何の意味があるのだろうか？

愚かに生きた八十数年の歳月を、これからも生き長らえて見つめよということか。

だれか、教えてくれないか。

「私はこれ以上生きるべきか」

「私はガンの手術を受けるべきか」

あとがき

本書の書名である「この世の捨てぜりふ」にマッチした内容であるかどうかについては書き終わるまで確信は持てなかった。

まえがきでも書いたように「捨てぜりふ」というのは、姿を消すときに相手の思惑を考えずに吐き捨てる言葉のことである。

本書の意図としても、この世から姿を消す老人が思わず呟く「捨てぜりふ」の面白さといった狙いのはずである。それらしい狙いに沿って話を組み立ててみたが、捨てぜりふの持っている意表を突いた面白さは表現できていないのではないかと思う。

捨てぜりふというのは、何処かに、拗ねたポーズや皮肉が込められていたりするものだが、書籍全編を通じてそのムードを漂わせることは所詮無理な作業である。ただ、全編を通して一貫して流れているのは、遠からずこの世を去る老人の独白ということである。

執筆のスタンスとしては、余り小難しいことは述べずに、落語に登場する「熊さん」

や「八っつぁん」の庶民的な常識論や非常識論を思いつくままに綴（つづ）ろうということだった。本書は評論集や随筆集とも趣を異（こと）にしている。いうならば変な独白集というべきものになっている。

筆者が読者として想定したのは、当然ながら七十歳以上の高齢者である。筆者は本書執筆中に大腸ガンの告知を受けた。本文にも書いてあるとおり、私はガンとは闘わないつもりである。したがって本書は名実ともにこの世の舞台から消え去る老人の捨てぜりふになったわけだ。出版の依頼があったとき「この著書が遺言になるかもしれないな」という予感があった。幸か不幸かその予感が的中したわけである。いずれ消え行く身として、全国の老人諸氏に心から惜別の思いを贈る。

末尾ながら、生涯の畏友、唐澤明義社長と、生涯の出版のパートナーであった岩瀬正弘デザイナーに深甚の謝意を表する。

令和三年二月半ばコロナにおびえつつ記す

著者　菅野　国春

【お願い】読者諸兄のご高評ご叱責を出版社気付でお送りくださることをお願いいたします。

[著者プロフィール]
菅野国春（かんの・くにはる）

昭和10（1935）年　岩手県奥州市に生まれる。
編集者、雑誌記者を経て作家に。
小説、ドキュメンタリー、入門書など、著書は多数。この数年は、老人ホームの体験記や高齢者向け入門書で注目されている。

85歳9ヶ月のポートレート

[主な著書]
「小説霊感商人」（徳間文庫）、「もう一度生きる――小説老人の性」（河出書房新社）、「夜の旅人――小説冤罪痴漢の復讐」「幽霊たちの饗宴――小説ゴーストライター」（以上展望社）他、時代小説など多数。

[ドキュメンタリー・入門書]
「老人ホームの暮らし365日」「老人ホームのそこが知りたい」「通俗俳句の愉しみ」「心に火をつけるボケ除(よ)け俳句」「愛についての銀齢レポート」「老人ナビ」「高齢者の愛と性」「83歳 平成最後の日記」「叙情句集 言葉の水彩画」「老人ホーム八年間の暮らし」（以上展望社）など。

８５歳この世の捨てぜりふ
さらば人生独りごと

2021年4月 9日　初版第1刷発行
2021年5月13日　初版第2刷発行

著　者　菅野 国春
発行者　唐澤 明義
発行所　株式会社 展望社
〒112-0002
東京都文京区小石川3丁目1番7号　エコービル202号
電話　03-3814-1997　Fax　03-3814-3063
振替　00180-3-396248
展望社ホームページ　http://tembo-books.jp/
印刷所 製本所　モリモト印刷株式会社

ISBN978-4-88546-397-6